大是文化

覚えやすい順番で
【7日間】学び直し中学英語

SOS

7天救回
國中英文

從 20 分快速進步到 70 分。
用你一定可以理解的順序編排，重新打好說、讀、寫、考試基礎。

7 days...

岡田順子——著
陳琇琳——譯

日本文科省審定
英文教科書指定作者、
30 年英語教學經驗

CONTENTS

第 1 天　英文的基本句型
初學者必備的基本句型與人稱變化練習

第 **2** 天 時態變化：
現在、過去、未來
搞懂時態表達，打好國中英文基礎

第 **3** 天 動詞形態
動詞形態
超流利問答，從助動詞、疑問詞開始學！

第 **4** 天

日常的表達：人、事、物

把學過的英文找回來，描述喜好的口說句型

第 **5** 天　修飾語、比較級
讓你的英文表達不再只有名詞、動詞

一口流利英文，從學好文法開始

臉書「葳姐親子英語共學」版主／周昱葳

在推動親子英語共學的過程中，我發現家長分成兩派，一派是自然學習派，也就是透過大量閱讀，讓孩子學習英文；另一派則是考試派，在意的就是文法。

在陪伴孩子學習英文的過程中，我也發現到，有些孩子天生歸納能力強，可以從海量閱讀學習到文法的種種邏輯與規則，但有些孩子卻無法做到。

舉例來說，我的小孩，明明可以閱讀數十萬字的《混血營英雄》（*The Heroes of Olympus*）系列，卻還是經常因為文法上的錯誤，無法在學校考試拿到滿分。例如：「Its ears is short.」，正確的寫法應該是「Its ears are short.」，但動詞用 is 或 are，在閱讀文章時，學生根本不會去注意，因為無論用 is 或 are 都不影響學生對於這句話的理解；甚至前面的主詞寫的是 ear 或 ears，也都不會改變這句話的中文翻譯。但在寫作或是考試時，就會讓學生陷入天人交戰：到底是 is 還是 are（請參考閱第 26 頁）？

因為我們不是母語者，文法並非自然而然就可以學會，還是要透過有系統的學習方式才能掌握精準文法，這不僅對於閱讀大有幫助，對於英文寫作更是重要的基石。

錯誤的文法會導致溝通錯誤。例如:「He is bored.」(他感到無聊)跟 「He is boring.」(他這個人很無聊)。用錯過去分詞 bored 跟現在分詞 boring,就差很大了!

如果只會閱讀,卻無法細究文法,在臺灣的考試制度下會非常吃虧。尤其以近幾年國中會考英文題目而言,往往是答錯 1 到 2 題就差了一個 +。所以,我認為這兩者如果可以取得平衡,那麼孩子的英文實力就無堅不摧了!

而岡田順子的這兩本書《7 天救回國中英文》與《10 天救回高中英文》,有系統、有架構的把最基本、最常見的文法概念整理出來,循序漸進透過例句、插圖、表格,讓讀者一目了然,並且搭配實戰練習,檢測學習者對於該文法觀念是否已徹底理解。

無論你現在是處於什麼年級、階段,都可以從《7 天救回國中英文》開始閱讀,審視自己的文法基本功是否扎實;再進一步鑽研《10 天救回高中英文》。務必把這兩本書的文法觀念摸熟、摸透,再將書中提到的文法觀念,於日常閱讀中細細觀察,動手將該文法觀念實作於英文寫作的練習上。如此一來,無論是哪一個面向的英文挑戰,都再也難不倒你!

別人苦讀 3 年，你 7 天就搞懂國中英文

前言

　　本書是寫給現階段想打好英文基礎的國中生、高中生、大學生，乃至於社會人士看的。

　　我在埼玉縣立高中擔任英文老師，至今已二十多年。於任職期間，我發現，有些學生剛開始的英文成績都很好、也很有自信，可是每當我要學生試著開口說英文的時候，他們幾乎都無法用英文表達自己的想法，對於這點我感到非常可惜。

　　而後，由於忙於寫作，我從學校轉到補習班任教才終於明白，很多人之所以高中英文不好，是因為國中英文的文法基礎沒打好。

　　國中三年的英文文法，就像房子的地基一樣。如果房子沒有穩固的地基，怎麼能蓋出堅固的房子呢？換言之，不論是基本的英文會話能力、商用英文、甚至是多益測驗（TOEIC），倘若國中英文的基礎不夠扎實，那就什麼都不用談了。

　　不過，和房子地基不同的是，英文文法隨時都可以重新學習。因此，我以 30 年的教學經驗，編寫了這本不但**好記、好學、易理解，又不容易忘記的國中英文文法入門**

書，希望讀者能從中獲得實用的文法。

按各詞類功能學習，秒懂國中英文文法

本書有兩大特色。

第一個是，本書架構並不採用教科書的編排順序，而是按用途排序；從最淺顯易懂的部分切入，由淺入深，循序漸進，帶領讀者重新學好國中英文。

第二個是，**人稱代名詞的大量練習**。

在英文句子裡，主詞是誰非常重要，它可使語句產生各種不同的形態變化，但中文卻沒有這樣的規則。因此，許多學習者初接觸到人稱代名詞時，經常感到很不習慣。

以筆者的經驗來說，只要「人稱代名詞」沒學好，就會影響到後面的學習。因此，本書特別將「人稱代名詞」彙整出來，並搭配主詞練習做詞形變化。

然而，即使學會了人稱的變化規則，很多人在造句時，仍經常會遇到各種問題，尤其對人稱變化的反應普遍不夠迅速。更不用說在口語表達方面，或是多益測驗及任何英語檢定，幾乎沒有多加思考的時間。因此，練就自己不用多加思考，就能自然反應的英文能力，是一輩子都受

用的。

　　本書共有 7 個章節，一天讀完一章，7 天就可以救回國中英文文法基礎。這本書若能使各位讀者從中獲得實用的文法，將會是筆者莫大的喜悅。

7days...

❶ 本書使用方式

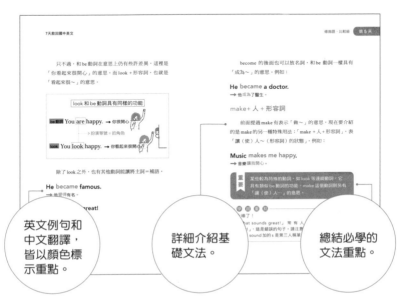

英文例句和
中文翻譯，
皆以顏色標
示重點。

詳細介紹基
礎文法。

總結必學的
文法重點。

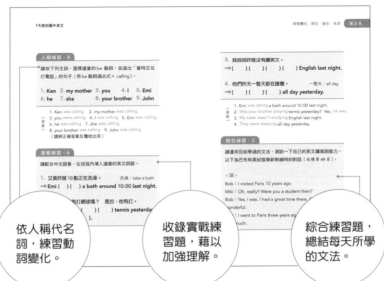

依人稱代名
詞，練習動
詞變化。

收錄實戰練
習題，藉以
加強理解。

綜合練習題，
總結每天所學
的文法。

第 1 天

英文的基本句型

首先，我們要了解英文的基本句型，也就是學習「主詞」與「動詞」在句中所扮演的角色。

我們會依序介紹主詞、動詞，以及動詞的詞形變化。若把英文比喻成一棵大樹的話，那麼此章節就是最重要的樹幹，請大家一定要多加練習。

今天就學會這個！

☑ 能正確使用 be 動詞，介紹自己和周遭的人。

☑ 能正確使用一般動詞，描述自己和周遭人的行為。

☑ 能立即依主詞說出正確的動詞。

① 基本句型：主詞＋動詞

在英文，一個完整句子最不可或缺的要素，就是主詞與動詞。首先，讓我們來了解一下主詞與動詞分別具有哪些作用。

所有的英文句子，大致上可分為兩種形態，分別是「Ａ是Ｂ」、「Ｃ做Ｄ（表動作）」，而所謂**主詞，就相當於句中的Ａ與Ｃ**。

那麼，動詞究竟有什麼作用？請看以下例句：

① **I am a doctor.**
　　➡ 我是（一位）醫生。

② **I study English.**
　　➡ 我讀英文。

在①的例句「Ａ是Ｂ」，am 就是句中的動詞。

至於②的例句中「讀」的動作，也就是 study，也是句中的動詞。不管是哪一種，**動詞都是放在主詞的後面**。

在英文裡，有許多類似 study 這樣的動詞。接著，就讓我們來介紹幾個同類動詞。請參考右頁表格。

eat	go	walk	read
吃	去	走	讀
have	like	run	cook
擁有	喜歡	跑	烹調

be 動詞與一般動詞

　　像例句①這種表達「～是～」的句子，句中的動詞就叫作「be 動詞」。實際上，be 動詞就只有 be，只是它會隨著主詞變化，共有 am、are、is、was、were、been、be 等 7 種變化。

　　關於 be 動詞的變化，我於後文會再詳細說明（第 26 頁）。請大家先記住：be 動詞共有 7 種變化。

　　那麼，我們要怎麼分辨一般動詞和 be 動詞呢？

　　左頁例句②的動詞 study 和上方表格的動詞，都叫作一般動詞。**除了 be 動詞以外，所有動詞都是一般動詞。**一般動詞雖然也會隨著主詞變化，但是通常只有語尾上的變化。

簡單來說，**be動詞的變化共有7種形態，如同千面女郎；一般動詞的變化則是較少，如同化上一層淡妝**，請大家先把這個概念記起來。

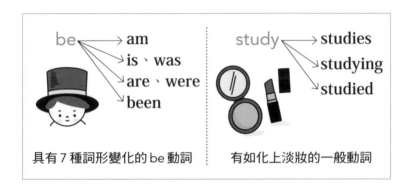

| 具有7種詞形變化的be動詞 | 有如化上淡妝的一般動詞 |

實戰練習・1

請將下列英文句中的主詞畫上○，動詞畫上□。

1. **You play soccer.**
   → 你踢足球。

2. **I am a student.**
   → 我是學生。

3. **They are kind.**

➡ 他們很親切。

4. **She writes letters.**

➡ 她寫信。

5. **He drinks coffee.**

➡ 他喝咖啡。

6. **We are teachers.**

➡ 我們是老師。

（答案）

1. You play soccer.　　　2. I am a student.
3. They are kind.　　　　4. She writes letters.
5. He drinks coffee.　　　6. We are teachers.

學 習 重 點

※ 名詞的複數形
a letter（一封信）、a teacher（一位老師）等可數名詞的複數形是在字尾加上 s。

② 主詞人稱與人稱代名詞

剛剛提到，一個英文句子的成立，必須包含主詞與動詞；而動詞則會根據主詞而有不同的變化。

接下來，我們要來解說主詞的規則，也就是「人稱」變化。

由於中文裡的動詞並不會隨著主詞的人稱做詞形變化，因此各位讀者在學習英文時，請務必多加練習。

例如，與人對話時，指自己（說話者）的「我」，就叫作「**第一人稱（單數）**」。

稱呼對方（聽話者）的「你／妳」，稱作「**第二人稱（單數）**」。

如果指的是描述說話者或是聽話者以外的人物（他或她），則稱作「**第三人稱（單數）**」。

I am…	You are…	He is…
我是～	你是～	他是～
自己 = 第一人稱	對方 = 第二人稱	除了自己和對方之外的人 = 第三人稱

這裡所指的數字一、二、三，與人數完全沒有關係。即使是複數也是一樣，「我們」是第一人稱、「你們／妳們」是第二人稱、「他們／她們」是第三人稱。

人稱代名詞與主詞人稱

人稱代名詞指的就是代替名詞，會因為「格位」不同而改變形態，分別是：主格（子句最前面的代名詞）、受格（請參考第 157 頁）、所有格（請參考第 158 頁）。下表為人稱代名詞當主詞的說法。

第一人稱與第二人稱，主詞雖然只有 I、we、you，但第三人稱的單數與複數，主詞則可能是 Amy、Bob、或 Amy and Bob 等各種不同的組合。

	單數（1人、1個）	複數（2人、2個）
第一人稱	I（我）	we（我們）
第二人稱	you（你／妳）	you（你們／妳們）
第三人稱	he（他）it（它）she（她）	they（他們、她們、它們）

　　那麼，我們要如何分辨第三人稱單數和複數？

　　請看上一頁的表格，第三人稱單數只有三個：he（他）、she（她）、it（它）。

　　但第三人稱的複數，只有一個，就是they（他們、她們、它們）。

　　因此，我們只要以是否可替換成人稱代名詞，來判斷第三人稱單數或複數即可。

Bob（鮑伯）　　　　→ he（他）

Emi（艾美）　　　　→ she（她）

this pen（這隻筆）　→ it（它）

　　如上所示，可以用he、she、it替換的就是第三人稱單數。同樣的，可以替換成they，就是第三人稱複數。

　　例如：

Bob and Tom（鮑伯和湯姆）→ they（他們）

實戰練習・2

請回答下列詞語是第幾人稱？ 是單數還是複數？

1. **Miki**（美紀）　　　　　　　　→（　　　）

2. **you**（你們）　　　　　　　　　→（　　　）

3. **that**（那個）　　　　　　　　　→（　　　）

4. **this picture**（這張照片）　　　→（　　　）

5. **Emi and Judy**
   （艾美和茱蒂）　　　　　　　　→（　　　）

〔答案〕 1. 第三人稱單數　2. 第二人稱複數　3. 第三人稱單數
4. 第三人稱單數　5. 第三人稱複數

辨別小撇步

第三人稱的單複數也可以依主詞來判斷，如果不是I
（我）、you（你），而是一個人或一件事物時，就是第三
人稱單數或複數。

③　be 動詞，等同於「＝」

前面介紹完可當作主詞的人稱代名詞，接著是「be 動詞」。

I am a doctor.
→ 我是（一位）醫生。

主詞是 I 時，be 動詞要用 am。同樣的，當 be 動詞是 am 時，主詞就只能用 I。以上方例句來說，be 動詞 am 夾在中間，就會形成「I = doctor」的對等關係。也就是說，**be 動詞具有結合「主詞的人（物）」與「說明該主詞是誰（什麼）」的功能**（上例指的是 doctor）。

I am tall.
→ 我（身高）很高。

接著，「I = tall」之所以能成立，這也是因為 **be 動詞扮演著連結主詞以及主詞是什麼狀態的角色**。順帶一提，tall 叫作形容詞（請參考第 164 頁）。

不過，要特別注意的是，如果是「I am at home.」，I = at home 這樣的對等關係並不成立，因為 be 動詞在這裡

是用來表示存在的狀態。此外，**I am 經常會省略成 I'm**。

實戰練習・3

請配合中文語意，在括弧內填入適當的英文詞語。

1. 我是護士。　　　　　　　　　　護士：nurse
→ (　　　) (　　　　) (　　　) (　　　　).

2. 我很好。
→ (　　　) (　　　　) (　　　).

3. 我在倫敦。　　　　　　　　　在倫敦：in London
→ (　　　) (　　　　) (　　　) (　　　　).

〔答案〕 1. I am a nurse. 2. I am fine. 3. I am in London.

學 習 重 點

be 動詞的意義

嚴格來說，be 動詞並非完全等同中文中「～是～」的意思。本書為了方便初級學習者理解，在此先將它翻作「～是～」。

④ be 動詞變化

　　be 動詞會根據主詞有不同的變化，例如主詞是 I 時，be 動詞要用 am。那麼，其他主詞人稱遇到 be 動詞又要如何變化？

You are a teacher.
➡️ 你是老師。

We are students.
➡️ 我們是學生。

You are in Taipei.
➡️ 你（們）在臺北。

They are baseball players.
➡️ 他們是棒球選手。

　　從第 21 頁的人稱代名詞表格之中，我們可以看到，**主詞為 you 以及複數時，be 動詞要變為 are**。那麼，當主詞是第三人稱單數時，be 動詞該怎麼變化？

He is kind.
➡️ 他很親切。

She is a nurse.

➡ 她是護士。

It is a cake.

➡ 那是蛋糕。

　　像這樣，主詞為**第三人稱單數，如 she、he、it 時，be 動詞要用 is**。

　　請記住以下常用的縮寫：

I am　　　➡ I'm

You are　　➡ You're

They are ➞ They're

He is ➞ He's

She is ➞ She's

It is ➞ It's

> **重要**
>
> 主詞為 I 時，be 動詞用 am；主詞為 you 時，be 動詞用 are；主詞為第三人稱單數時，be 動詞用 is。

人稱練習・1

國中英文的重點之一，就是人稱代名詞。本書特別收錄人稱代名詞的練習題，請各位務必熟記各主詞、人稱的 be 動詞變化，直到能快速作答為止。

1. **we**	2. **she**	3. **you**	4. **this**
5. **Tom**	6. **it**	7. **Emi and Aya**	
8. **I**	9. **that book**		

（答案）
1. we're　2. she's　3. you're　4. this is　5. Tom is
6. it's　7. Emi and Aya are　8. I'm　9. that book is
（請將正確答案反覆唸出來）

實戰練習・4

請配合中文語意，在括弧內填入適當的英文詞語。

1. 我們是上班族。
→ (　　　) (　　　　　) office workers.

2. 她在京都。
→ (　　　) (　　　　　) in Kyoto.

3. 那是一張照片。
→ (　　　) (　　　　) a picture.

4. 他們很體貼。
→ (　　　) (　　　　) gentle.

（答案） 1. We are office workers.　2. She is in Kyoto.
3. That is a picture.　4. They are gentle.

⑤ be 動詞的 否定句、疑問句

接下來要介紹 be 動詞的 2 大基本規則。

否定句

首先是 **be 動詞的否定句**。像「I am a doctor.」這樣的句子，叫作肯定句，表「A 是 B」。相反的，「A 不是 B」就叫否定句。請看以下例句：

I am not a doctor.

➡ 我不是醫生。

在 be 動詞的後面加上 not，就會變成否定句。

在含有 be 動詞的句子當中，這個規則經常會使用到（有一部分為例外，請參考考第 82 頁）。

I am 加 not 還可以縮寫成「I'm not」，這很常用，請務必記住。至於其他主詞人稱的否定句，則可省略成「You aren't」、「he isn't」等不同形式。

| 重要 | 要造出「A 不是 B」的否定句，只要在 be 動詞的後面加上 not 即可。 |

疑問句

　　接著是疑問句。若要用 be 動詞造出「～是～嗎？」的疑問句，只要將 be 動詞移到句首就可以了。

You are a doctor.　　➡ 你是醫生。

Are you a doctor?　　➡ 你是醫生嗎？

　　這個規則適用於所有含 be 動詞的句子（除了一部分例外），請務必記住。答句如下：

Yes, I am.　　　　　　**No, I'm not.**
➡ 是的，我是。　　　　　➡ 不，我不是。

　　若回答為肯定句，會省略掉「Yes, I am a doctor.」的 a doctor，只要說「Yes, I am.」就可以了；其否定回答，則為「No, I'm not.」。

> **重要**　若要用 be 動詞造疑問句，只要把 be 動詞放到句首即可。

6 答句要用代名詞 it

關於疑問句的回答方式，還有一些必須注意的地方，請務必記下來。

Is this a Japanese textbook?
➡ 這是日語教科書嗎？

請特別注意，針對這樣的疑問句，如果回答 Yes, this is 或是 No, this isn't 的話，是不正確的。因為用 this 來問的疑問句，要用**代名詞 it**（第 21 頁）來回答。答句如下：

Yes, it **is.**
➡ 是的。

No, it's **not.**
➡ 不，不是。

再看看其他例句。

Is Bob a student?
➡ 鮑伯是學生嗎？

看到「Bob」，就要想到**用代名詞 he 來替換**。

Yes, he is.
➡ 是的。

No, he's not.
➡ 不，不是。

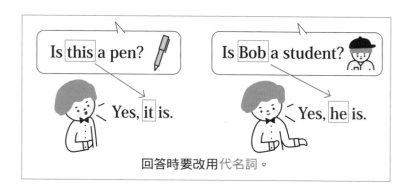

Is this a pen? Yes, it is.

Is Bob a student? Yes, he is.

回答時要改用代名詞。

　　這類疑問句裡的主詞，必須用代名詞來回答。這是接下來很重要的學習基礎，請務必多加練習。

人稱練習・2

請回答下列問題。

1. **Are Emi and Aya sisters?**
   No, (　　　) aren't.

2. **Is John friendly?**　　　　　　friendly：友善的
   Yes, (　　　) is.

3. **Is Yuko kind?**
   Yes, (　　　) is.

4. Are John and Tom at home now?

No, (   ) aren't.

5. Is that a bird?

Yes, (   ) is.

實戰練習 · 5

請配合中文語意，在括弧內填入適當的英文詞語。

1. 你不是老師。

→ (   ) (   ) a teacher.

2. 他們是足球選手嗎？ 是，他們是。

→ (   ) (   ) soccer players?

Yes, (   ) (   ).

3. 凱特不是學生。

→ Kate (   ) a student.

4. 湯姆現在在日本嗎？　不，不是。

→ (　　　) (　　　　) in Japan now?
No, (　　　) (　　　).

5. 我不想睡。

→ (　　　) (　　　　) sleepy.

1. You're not (You aren't) a teacher.
2. Are they soccer players? Yes, they are.
3. Kate isn't a student.
4. Is Tom in Japan now? No, he isn't (he's not).
5. I'm not sleepy.

在介紹完 be 動詞之後，我們接著來看另一種動詞，也就是一般動詞。你還記得什麼是一般動詞嗎？

答對了！**be 動詞以外的所有動詞**就叫一般動詞。先來看以下例句。

I play soccer. ➡ 我踢足球。

前面有提到，若句中含有 be 動詞，則「I = ○○」就會成立。但因為一般動詞並不是 be 動詞，因此這裡的 I 並不等於 soccer。

如上方例句所示，一般動詞主要用來表示主詞**做○○事**，這裡的○○，也就是 soccer，一般放在動詞之後。

但要特別注意的是，be 動詞與一般動詞，是屬於同類動詞，兩者並不能放在一起使用。亦即，**一個英文句子，只能有一個動詞**。

be 動詞會根據主詞而變化，那麼一般動詞呢？請先看以下例句：

You play soccer. ➡ 你踢足球。

We play soccer. ➡ 我們踢足球。

They play soccer. ➡ 他們踢足球。

一般動詞的形態，除了主詞為第三人稱單數時須變化之外，**基本上是一樣的形態**。

實戰練習・6

請配合中文語意，在括弧內填入適當的英文詞語。

1. 我每天游泳。
➡ (　　　) (　　　) every day.

2. 佩琪和我在公園散步。

→ Peggy and (　　　) (　　　) a walk in the park.

3. 你彈吉他。

→ (　　) (　　　) the guitar.

（答案）
1. I swim every day.
2. Peggy and I take a walk in the park.
3. You play the guitar.

一般動詞的
否定句、疑問句

接著我們要學的是，如果主詞為 You 等非第三人稱單數時，含有一般動詞的句子該如何改成否定句？

否定句要用 don't

You don't play soccer.
➡ 你不踢足球。

如上方例句所示，含有一般動詞的句子，只要在動詞前面**加上 don't**（do not 的省略形式），就會變成否定句。

疑問句用 do

若主詞為非 You 等第三人稱單數時，改為疑問句也很簡單，**只要把 Do 放到句首就可以了**。

You play soccer. 你踢足球。

↓

Do you play soccer? 你踢足球嗎？

　　以 Do 開頭的疑問句，若回答為肯定句，要回答「Yes, I do.」；若為否定句，則要回答「No, I don't.」。

Yes, I do.

➡ 是的，我有（做～）。

No, I don't.

➡ 不，我沒有（做～）。

> **重要** 含有一般動詞的句子，若主詞為 You 等非第三人稱單數時，否定句必須用 don't，疑問句則要以 Do 開頭。

實戰練習・7

請配合中文語意，在括弧內填入適當的英文詞語。

1. 她們坐巴士去學校嗎？ 不，她們沒有。
➡ (　　　) (　　　　) go to school by bus?
　No, (　　　) (　　　　) .

2. 艾美和艾瑪不做菜。
➡ (　　　　) and (　　　) (　　　　) cook.

3. 他們不說日語。　　　　　　　　　　　説：speak

→ (　　　) (　　　) (　　　　) Japanese.

1. Do they go to school by bus?　No, they don't.
2. Emi and Emma don't cook.
3. They don't speak Japanese.

9 第三人稱單數當主詞，一般動詞加 s

　　這裡要介紹一個非常重要的概念：如果主詞是**第三人稱單數時**，一般動詞會產生語尾變化。

Ken plays soccer. ➡ 肯踢足球。

　　句子中的 Ken 是第三人稱單數，因此**必須在一般動詞的字尾加 s**。但字尾 s 的加法會依動詞而有所不同。

　　首先，以 -o、-ch、-sh、-s 結尾的動詞，**字尾要加 es**。例如：go（走）、watch（看）、wash（洗）、pass（通過）等字，會變成 goes、watches、washes、passes。

　　再來，以子音（a、e、i、o、u 以外的字母）+ y 結尾的動詞，**y 要變成 i，再加上 es**。

　　例如：study（念書）→ studies 、try（嘗試）→ tries 等。另外，還有一個比較特殊的，就是 have（擁有），會變成 **has**。

重要　主詞為第三人稱單數時，一般動詞的字尾要加 s。
但 s 的加法有 3 種常見例外。

人稱練習・3

請依下列人稱主詞，在 play / plays 之中，選擇最適當的字詞。

1. **Emi**　　2. **you**　　3. **Tom**　　4. **she**
5. **we**　　6. **I**　　　7. **they**　　8. **he**

（答案）

1. Emi plays　2. you play　3. Tom plays　4. she plays
5. we play　6. I play　7. they play　8. he plays
（請將正確答案反覆唸出來）

實戰練習・8

請配合中文語意，在括弧內填入適當的英文詞語。

1. 她 6 點起床。
→ (　　　) (　　　) up at six o'clock.

2. 史密斯先生非常喜愛壽司。
→ (　　　) (　　　) sushi.

3. 肯每天聽日本流行音樂。
→ (　　　) (　　　) to J-POP every day.

（答案）

1. She gets up at six o'clock.
2. Mr. Smith loves sushi.
3. Ken listens to J-POP every day.

⑩ 第三人稱單數的否定句、疑問句

本章內容還有一小部分，請大家再加油一下！現在我們要介紹第三人稱單數當主詞時，一般動詞的否定句以及疑問句該如何變化。首先，我們先來複習一下肯定句。

否定句：doesn't 登場，s 就退場

He plays soccer.
➡ 他踢足球。

如果想把它變成否定句，會變成這樣：

He doesn't play soccer.
➡ 他不踢足球。

你注意到了嗎？原本 play 的 s 不見了。這是因為當主詞是第三人稱單數時，否定句要在動詞的前面加上 doesn't，而 doesn't 的後面必須接原形動詞；若動詞字尾為 s（es），則須變回原形動詞。

Does 開頭的疑問句

接著，讓我們來看看怎麼用 does 來造疑問句。

依據前面所學的句子，大家應該可以想像如何改成疑問句吧！

Does he play soccer?

➡ 他踢足球嗎？

如上方例句所示，當主詞是第三人稱單數時，把 Does 放到句首，原本加了 s（es）的動詞變回原形，就是疑問句了。回答的方式也是如此。

Yes, he does.

➡ 是的，他有（做～）。

No, he doesn't.

➡ 不，他沒有（做～）。

回答的句型為：「Yes, 主詞（代名詞）+ does.」，或是「No, 主詞（代名詞）+ doesn't.」。

句首加 does，動詞就要刪掉 s！

直述句
He plays soccer. → 疑問句
Does he plays soccer?

重要

主詞為第三人稱單數時，會用到 does 來造否定句與疑問句；後面接的動詞必須回歸原形。

人稱練習・4

請依下列主詞人稱，在 don't play / doesn't play 之中，選擇最適當的字詞。

1. he   2. you   3. we   4. John
5. I   6. Yui   7. they   8. Ken and Tom

（答案）
1. he doesn't play   2. you don't play   3. we don't play
4. John doesn't play   5. I don't play   6. Yui doesn't play
7. they don't play   8. Ken and Tom don't play
（請將正確答案反覆唸出來）

實戰練習・9

請配合中文語意，在括弧內填入適當的英文詞語。

1. 他下課打網球嗎？　是的，他會。

→ (　　　) (　　　) (　　　　) tennis after school?

　Yes, (　　　) (　　　).

2. 蜜雅現在沒有住在東京。

→ Mia (　　　) (　　　) in Tokyo now.

3. 湯姆不打掃房間。

→ (　　　) (　　　) (　　　) the room.

（答案）

1. Does he play tennis after school? Yes, he does.
2. Mia doesn't live in Tokyo now.
3. Tom doesn't clean the room.

⑪ 主詞的變化

　　在最後，我們要介紹 I 或 you 等可當作主詞的 **人稱代名詞，根據不同用途會有哪些變化**。

　　首先是表示「我的」、「你的」等人稱代名詞的「**所有格**」。

　　這些變化規則就算現在記不起來也沒關係，隨著使用次數的增加，自然就會記住了。

	單數（1人、1個）	複數（2人、2個以上）
第一人稱	my（我的）	our（我們的）
第二人稱	your（你的／妳的）	your（你們的／妳們的）
第三人稱	his（他的）、its（它的）、her（她的）	their（他們的、她們的、它們的）

　　這裡的所有格，和第21頁的人稱代名詞不同，它們本身無法決定是第幾人稱，**全靠「所有格」後面的名詞來決定**，以 my father 的 father 為例，決定人稱的是 father，因為 father 可以用 he 替換，所以它是第三人稱單數。

　　那麼，如果是 your sister（你的妹妹）的話，因為 sister 可用 she 替換，所以也是第三人稱單數。

　　第一天的學習內容就到這裡，接下來是總複習的題目，請大家努力做做看！

綜合練習・1

以下是鮑伯和美紀去京都旅行，兩人在搭乘新幹線的對話。請運用前面學過的文法，測試一下自己的讀寫說能力。

＜讀＞

Bob：I'm Bob Brown. Nice to meet you.

Miki：I'm Miki. Nice to meet you, too.

　　　Are you from the U.S.?

Bob：No, I'm from Canada.

Miki：Oh, really? Canada is a beautiful country.

Bob：Thank you.

＜寫・說＞

請將以下要點寫下來並說出來。

① 自己的名字。

② 自己是哪裡人。

③ ～是個很美麗的國家（城市）。

（讀）

鮑伯：我的名字是鮑伯‧布朗，很高興認識妳。
美紀：我的名字是美紀，很高興認識你。你是美國人嗎？
鮑伯：不，我是加拿大人。
美紀：真的嗎？加拿大是個美麗的國家。
鮑伯：謝謝。

（寫‧說）

例：① I am Jenny Wang.（我叫王珍妮。）
　　② I'm from Taipei.（我來自臺北。）
　　③ Taipei is a beautiful city.（臺北是個很美麗的城市。）

時態變化：
現在、過去、未來

在英文裡，對於目前正在進行的事、已經完成的事，或是未來即將發生的事，都有不同的表達形態，這就叫「時態」。

學會運用現在進行式、過去簡單式、過去進行式、未來簡單式等時態，能夠大幅提升表達能力。

本章也準備了許多練習題，請大家一起加油！

今天就學會這個！

☑ 用過去簡單式，描述過去已發生的事。

☑ 用進行式，描述「正在做」、「過去正在做」的事。

☑ 描述自己以及周遭的人未來想要或打算做的事。

① be 動詞的過去簡單式

　　前面介紹的是現在簡單式，也就是描述現在的狀態或事實。接下來，我們要學的是「過去簡單式／過去式」，也就是描述過去的狀態，以及過去所發生的動作。

　　像這樣，動詞用來表示動作（情況）發生時間的各種形式（過去、現在、未來），就稱為「時態」。

　　和現在簡單式相比，過去簡單式的 be 動詞只有兩個，分別是 was 和 were。主詞為第一人稱單數（I）、第三人稱單數（如 he、she、it）時，be 動詞要用 was；主詞為 you 和複數（如 we、they）時，則用 were。

I was a teacher five years ago.
➡ 我 5 年前是老師。

He was in Osaka three days ago.
➡ 他 3 天前在大阪。

You were a basketball player.
➡ 你以前是籃球選手。

They were busy yesterday.
➡ 他們昨天很忙。

人稱練習・5

請依下列主詞，填入正確的 be 動詞過去式。

1. **my sister**　　2. **he**　　3. **your father**

4. **you**　　　　5. **I**　　　6. **they**　　　7. **Jack**

（答案）
1. my sister was　2. he was　3. your father was
4. you were　5. I was　6. they were　7. Jack was
（請將正確答案反覆唸出來）

實戰練習・1

請配合中文語意，在括弧內填入適當的英文詞語。

1. 我昨天在北海道。　　　　　在北海道：in Hokkaido

→ (　　　) (　　　) in Hokkaido yesterday.

2. 這支手錶 (之前) 很貴。　　　　昂貴的：expensive

→ This watch (　　　) expensive.

3. 我的母親以前是護士。

→ (　　　) mother (　　　) a nurse.

053

---

4. 我們（那時）很累。

→ (   ) (   ) very tired.

1. I was in Hokkaido yesterday.
2. This watch was expensive.
3. My mother was a nurse.
4. We were very tired.

　　不論是現在式，還是過去式，含be動詞的句子，只要運用be動詞所介紹的規則（第30、31頁），就可以造出否定句和疑問句。

I was not a teacher five years ago.

➡ 我5年前不是老師。

He wasn't in Osaka three days ago.

➡ 他3天前不在大阪。

You were not a basketball player.

➡ 你以前不是籃球選手。

They weren't busy yesterday.

➡ 他們昨天不忙。

過去式的疑問句：把 was、were 放句首

　　還記得造疑問句時，要**把 be 動詞放到句首**嗎？過去式也一樣，請看以下例句：

Were you a teacher five years ago?
➡ 5 年前你是老師嗎？

Yes, I was.
➡ 是的，我是。

No, I wasn't.
➡ 不，我不是。

Was he in Osaka three days ago?
➡ 他 3 天前在大阪嗎？

Yes, he was.
➡ 是的，他在（大阪）。

No, he wasn't.
➡ 不，他不在（大阪）。

Were they busy yesterday?
➡ 他們昨天很忙嗎？

Yes, they were.
➡ 是的，他們很忙。

No, they weren't.
➡ 不，他們不忙。

人稱練習・6

請依下列主詞造疑問句，並填入正確的 be 動詞過去式。

**1. you   2. your father   3. Bob   4. Bob and Emi
5. these（這些）　6. this book　7. my mother**

（答案）1. were you 2. was your father 3. was Bob 4. were Bob
and Emi 5. were these 6. was this book 7. was my mother
（請將正確答案反覆唸出來）

實戰練習・2

請配合中文語意，在括弧內填入適當的英文詞語。

1. 我 3 年前不是駕駛員。
→ (　　　) (　　　) a driver three years ago.

2. 艾美一週前在沖繩嗎？　是的，她在。
→ (　　　) (　　　) in Okinawa a week ago?
　Yes, (　　　) (　　　).

3. 他（那時）沒有生病。
→ (　　　) (　　　) sick.

4. 他們 (之前) 是足球選手嗎？　不，他們不是。

→ (　　　) (　　　) soccer players?

No, (　　　) (　　　).

1. I wasn't a driver three years ago.
2. Was Emi in Okinawa a week ago? Yes, she was.
3. He wasn't sick.
4. Were they soccer players? No, they weren't.

接著，我們要學的是一般動詞的過去簡單式。一般動詞的過去簡單式，就不用考慮人稱的問題（如果為現在簡單式，第三人稱單數要加 s），它的動詞只有規則變化與不規則變化。首先，讓我們來看看規則變化的動詞。

I play**ed** tennis yesterday.
➡ 我昨天打了網球。

規則變化的過去式動詞，只要在原形動詞後面加上 **ed** 即可。

現在　I play tennis.
現在的習慣

過去　I play**ed** tennis yesterday.
昨天的習慣

規則動詞的例外

一般而言，一般動詞的過去式是在原形動詞後面加ed，不過也有幾個例外。

首先，**以 e 結尾的動詞**就不會加ed，而是**直接加 d**。例如：live ➔ **lived**。

另外，以子音（a、e、i、o、u 以外的字母）＋ y 結尾的動詞，**要去掉 y 再加 ied**。例如：study ➔ **studied**。

以短母音（a、e、i、o、u）＋子音結尾的動詞，則是要重複最後的子音字母，再加ed。例如：stop ➔ **stopped**。

不規則動詞

接下來，要介紹的是不規則動詞。不規則動詞，顧名思義，它與規則動詞不同，它的過去式會有不規則的變化。以下列舉幾個常用的不規則動詞：

go（走）➔ went	meet（見面）➔ met
take（拿）➔ took	have（有）➔ had
write（寫）➔ wrote	make（做）➔ made
come（來）➔ came	get（得到）➔ got
run（跑）➔ ran	know（知道）➔ knew

一般動詞的過去式，分為規則變化與不規則變化。規則變化的過去式動詞，只要在原形動詞的字尾加上 ed 即可。

實戰練習 · 3

請配合中文語意，在括弧內填入適當的英文詞語。

1. 湯姆昨天讀了數學。
→ (　　　) (　　　) math yesterday.

2. 我昨晚看了電影。
→ (　　　) (　　　) a movie last night.

3. 他去年住在臺中。
→ (　　　) (　　　) in Taichung last year.

4. 她們做了晚餐。
→ (　　　) (　　　) dinner.

5. 我昨天見了陳先生。
→ (　　　) (　　　) Mr. Chen yesterday.

6. 他在花蓮拍了很多照片。

→ (　　　) (　　　　) a lot of pictures in Hualien.

7. 她昨天坐了巴士到車站。

→ (　　　) (　　　　) to the station by bus yesterday.

1. Tom studied math yesterday.
2. I watched a movie last night.
3. He lived in Taichung last year.
4. They cooked dinner.
5. I met Mr. Chen yesterday.
6. He took a lot of pictures in Hualien.
7. She came to the station by bus yesterday.

④ 一般動詞過去式的 否定句、疑問句

　　用一般動詞過去式，要如何造否定句和疑問句呢？不論是規則變化或不規則變化，造句的方式都是一樣的，完全不用考慮人稱的問題。請看以下例句：

I didn't go to school yesterday.
→我昨天沒有去學校。

　　如上方例句所示，**在一般動詞的前面加上 didn't**，後面接原形動詞，就會形成過去式的否定句，這是不是很簡單呢？

　　一般動詞過去式的疑問句，只要在**句首加上 Did**，後面的動詞用原形動詞即可；回答的方式則為「Yes,（代名詞）+ did.」，或是「No,（代名詞）+ didn't.」。

Did you hear the news?
→你有聽到消息嗎？

Yes, I did.
➡ 有，我有聽到。

No, I didn't.
➡ 不，我沒聽到。

重要
一般動詞過去式的否定句，只要在動詞前面加上 didn't，再將動詞變回原形即可。疑問句的話，則是 Did 放句首，並將動詞回歸原形。

實戰練習 · 4

請配合中文語意，在括弧內填入適當的英文詞語。

1. 你昨晚有看書嗎？ 有，我有看。
→ (　　　) (　　　) (　　　　) a book last night?
　 Yes, (　　　) (　　　).

2. 湯姆昨天沒有讀日文。
→ Tom (　　　) (　　　) Japanese yesterday.

3. 艾美和珍妮上週日有去購物嗎？ 不，她們沒有去。
→ (　　　) (　　　) and (　　　) (　　　　)
　 shopping last Sunday?
　 No (　　　) (　　　).

〔答案〕
1. Did you read a book last night? Yes, I did.
2. Tom didn't study Japanese yesterday.
3. Did Emi and Jenny go shopping last Sunday?
　 No, they didn't.

　　所謂的現在式，比方說「I read books.」，指的是「我（每天）有看書的習慣」，也就是說每天都會重複「閱讀」這個行為。

　　但如果我們想表達的是「某個動作正在進行」，就必須用現在進行式。例如，「我現在正在看書」，這句話該怎麼表達呢？請看以下例句。

I am reading a book now.
➡ 我現在正在看書。

　　像這樣，表達「我現在正在做～」的句子時，**要用**「**主詞＋am／are／is＋現在分詞（V-ing）**」的句型。

現在進行式的否定句、疑問句

前面曾提過，be動詞和一般動詞不能同時使用，但在前一頁的例句中，am卻和reading連放在一起。

在這裡，請先特別注意，如果一般動詞的字尾為ing，這個動詞（V-ing）並不是一般動詞，而是現在分詞（詳細請參考第214頁）。在此例句中，負責扮演動詞的其實是 am = be動詞，因此改成否定句時，應套用be動詞的規則。

I am not reading a book now.

➡ 我現在沒有在看書。

如此一來，就會變成否定句（I am 可省略成 I'm）。疑問句的回答方式也是如此。

Are you reading a book now?

➡ 你現在正在看書嗎？

Yes, I am.

➡ 是的，我正在看書。

No, I'm not.

➡ 不，我沒有（在看書）。

在現在進行式，扮演動詞角色的是 be 動詞，因此 be 動詞必須根據人稱來變化。

You are reading a book now.
➡ 你現在正在看書。

He is reading a book now.
➡ 他現在正在看書。

We are reading a book now.
➡ 我們現在正在看書。

They are reading a book now.
➡ 他們現在正在看書。

上述句子中的 You are、He is、We are、They are，可分別省略成 You're、He's、We're、They're 等，請把它們先記下來。

> 重要　欲表達「現在正在做～」時，要用「主詞＋am / are / is ＋現在分詞（V-ing）」。

特殊的現在進行式

一般來說，多數的一般動詞在現在進行式的句子內，可直接加上 ing，但是有幾種情況要特別注意：以 e 結尾的動詞，就要**去 e 加 ing**。例如：write（寫）➡ writing、make（做）➡ making。

再來，字尾為短母音＋單子音時，則必須**重複最後的子音再加 ing**。例如：run ➡ running、swim ➡ swimming（按：若為雙子音，動詞字尾直接加上 ing 即可，例如：jumping）。

人稱練習・7

請利用下列主詞，造出「～正在做菜」的句子（用現在進行式）。

1. my brother
2. you
3. the girls
4. your mother
5. Anna
6. we
7. she
8. they
9. my parents

（答案）

1. My brother is cooking.　2. You are cooking.
3. The girls are cooking.　4. Your mother is cooking.
5. Anna is cooking.　6. We are cooking.
7. She is cooking.　8. They are cooking.
9. My parents are cooking.（請將正確答案反覆唸出來）

實戰練習・5

請配合中文語意，在括弧內填入適當的英文詞語。

1. 我弟弟正在打掃。
→ (　　　) brother (　　) (　　　).

2. 湯姆正在打電話嗎？　是的，他正在打電話。
→ (　　) (　　　) (　　　) a phone call?
　 Yes, (　　　) (　　).

3. 我現在沒有在看書。
→ (　　) not (　　　) a book now.

4. 他們現在正在公園裡奔跑。
→ (　　) (　　　) (　　　) in the park now.

過去進行式

　　所謂的過去進行式，是指某個動作在過去的某個時間點正在進行，也就是「**那時正在做～**」的意思。

　　或許用推理劇當中，警方質問嫌疑犯時的對話來解釋，大家會比較容易理解。

　　警方：「你昨晚9點在哪裡？做了什麼事？」

　　嫌疑犯：「我昨晚9點正在看電視。」

　　若將嫌疑犯的話用英文表達，會變成下列句子：

I was watching TV at 9:00 last night.

→ 我昨晚9點正在看電視。

　　在過去進行式，句型要用「主詞＋was / were ＋現在分詞（V-ing）」

在過去某個時間點，某件事正在進行＝過去進行式

be 動詞過去式

was、were ─＋ ing

I was watching TV
at 9:00 last night.

過去某個時間點

過去進行式的否定句、疑問句

　　過去進行式和現在進行式一樣，用的是 be 動詞，而不是一般動詞，所以否定句也是依照 be 動詞的規則來變化。例如：

I was not watching TV at 9:00 last night.
→我昨晚 9 點沒在看電視。

　　疑問句及答句，也同樣按 be 動詞的規則造句。

Were you watching TV at 9:00 last night?
→你昨晚 9 點正在看電視嗎？

Yes, I was.
→是的，我正在看。

No, I wasn't.
→不，我沒有在看。

　　目前我們已學會用幾個時態來表達不同的時間。下一頁的練習題，我們會加上過去進行式，一起動動腦吧！

> **重要** 表「過去某個時間點所進行的動作」，要用：「主詞＋ was / were ＋現在分詞（V-ing）」的句型。

人稱練習・8

請依下列主詞，選擇適當的be動詞，並造出「當時正在打電話」的句子（用be動詞過去式＋calling）。

1. Ken 2. my mother 3. you 4. I 5. Emi
6. he 7. she 8. your brother 9. John

（答案）
1. Ken was calling. 2. My mother was calling.
3. You were calling. 4. I was calling. 5. Emi was calling.
6. He was calling. 7. She was calling.
8. Your brother was calling. 9. John was calling.
（請將正確答案反覆唸出來）

實戰練習・6

請配合中文語意，在括弧內填入適當的英文詞語。

1. 艾美昨晚10點正在洗澡。　　　　洗澡：take a bath

→ Emi (　　) (　　) a bath around 10:00 last night.

2. 你哥哥昨天有打網球嗎？　是的，他有打。

→ (　　　) (　　　) (　　　) (　　　) tennis yesterday?
Yes, (　　) (　　).

3. 我姊姊昨晚沒有讀英文。

→ (　　) (　　) (　　) (　　　　) English last night.

4. 他們昨天一整天都在睡覺。　　　　一整天：all day

→ (　　) (　　) (　　　) all day yesterday.

〔答案〕
1. Emi was taking a bath around 10:00 last night.
2. Was your brother playing tennis yesterday? Yes, he was.
3. My sister wasn't studying English last night.
4. They were sleeping all day yesterday.

綜合練習・2

請運用目前學過的文法，測試一下自己的讀寫說能力。以下為鮑伯和美紀搭乘新幹線的對話。

<讀>

Bob：I visited Paris 10 years ago.

Miki：Oh, really? Were you a student then?

Bob：Yes, I was. I had a great time there. Eiffel Tower was wonderful.

Miki：I went to Paris three years ago. I enjoyed my trip very much.

<寫‧說>

請將以下要點寫下來並說出來。

① 曾去過的旅遊地點、以及時間點。

② 當時印象特別深刻的事情。

③ 回顧旅遊的感想。

（讀）

鮑伯：我 10 年前去了巴黎。

美紀：真的嗎？那時你是學生嗎？

鮑伯：是啊，當時好開心啊！艾菲爾鐵塔很棒！

美紀：我 3 年前去過巴黎，那趟旅行真開心。

（寫‧說）

例：① I went to Hokkaido two years ago.
（我兩年前去過北海道。）

② Sapporo was a wonderful city.
（札幌是個美好的城市。）

③ I had a great time there.（我在那裡玩得很開心。）

7 未來簡單式

雖說人最好不要活在過去，但在日常生活中，的確會很常用到過去式。大家一定要多加練習。

接下來，我要介紹一個完全不同的時態——未來簡單式，通常用來表達預測或未來的計畫，也就是「**將要做～**」、「**打算做～**」的說法。

請看以下例句：

I am going to visit Okinawa.
➡ 我打算去沖繩玩。

表「事先計畫好」、「打算做～」時，會用「**主詞 + is / am / are + going to + 原形動詞**」。

be going to 的否定句、疑問句

現在進行式和過去進行式一樣，主詞後面如果接 be 動詞，不管後面接什麼，都要把它視為 be 動詞的句子。

因此，將 be going to 改為否定句時，也是依照 be 動詞的規則來變化。

I am not going to visit Okinawa.
→我不打算去沖繩玩。

疑問句與答句也是一樣。

Are you going to visit Okinawa?
→你打算去沖繩玩嗎？

Yes, I am.
→是的，我打算去。

No, I'm not.
→不，我不打算去。

請注意，be 動詞必須隨主詞而改變，例如：「**You are going to ～**」、「**He is going to～**」、「**We are going to ～**」、「**They are going to～**」。

> **重要** 表達未來「打算做～」時，要用「主詞 + is / am / are + going to + 原形動詞」。

人稱練習・9

請利用下列主詞，造出「～be going to」的句子。

1. Tom　**2.** your father　**3.** I　　**4.** you　**5.** she
6. my sister　**7.** Yumi　　**8.** we　**9.** his mother

（答案）

1. Tom is going to　2. your father is going to
3. I am going to　4. you are going to　5. she is going to
6. my sister is going to　7. Yumi is going to
8. we are going to　9. his mother is going to
（請將正確答案反覆唸出來。）

實戰練習・7

請配合中文語意，在括弧內填入適當的英文詞語。

1. 我們打算寫信給湯姆。
→ (　　　) (　　　) (　　　　) (　　　) (　　　) a
letter to Tom.

2. 他下個月沒有打算去澳洲。

→ (　　　) (　　　) (　　　) (　　　) (　　　)

(　　　) to Australia next month.

3. 珍妮明天打算去購物嗎？　是的。

→ (　　　) Jenny (　　　) (　　　) (　　　)

shopping tomorrow ?

Yes, (　　　) (　　　).

1. We are going to write a letter to Tom.
2. He is not going to go to Australia next month.
3. Is Jenny going to go shopping tomorrow?　Yes, she is.

⑧ 未來簡單式：will 句型

　　接下來是另一種未來簡單式，也就是使用**助動詞 will**，表預測的狀況或當下所做的決定。

　　關於助動詞的功能，於後文我會再詳細說明（請參考第 88 頁），請先看以下例句：

It will rain tomorrow.
➡ 明天大概會下雨吧！

　　助動詞 will 沒有人稱的變化，它通常會加在動詞的前面，用來表示對現在情況的預測（大概會～的意思）。其文法規則是，will 後面的動詞必須用原形；表達天氣狀況時，主詞則是用 it。

　　在上方例句中的「大概會下雨」，will 是用來表示「**單純的未來**」（自然會發生的事）。除此之外，will 還有另一種用法。

I will study hard tonight.
➡ 我今晚要努力唸書。

　　例如，「我今晚要努力念書」，will 在這裡是表人（主

詞）的意志、意願。

　　順帶一提，在學生演講或作文中，經常會出現這樣的說法：「Today, I talk about my family.」（今天我要來講講關於我的家人），其實這是錯誤的說法，正確的說法應為：「Today, I will talk about my family.」。這些初學者常犯的錯誤，請大家務必多加注意。

will 的兩種用法

It will rain tomorrow.
➡ 明天會下雨吧。

單純未來

I will study hard tonight.
➡ 我今晚要努力念書。

人的意願

 重要　助動詞沒有人稱變化，它放在原形動詞前面，表示「單純的未來」或「人的意願」。

will 的否定句、疑問句

接著是 will 的否定句。

It will not rain tomorrow.

➡ 明天不會下雨。

否定句只要在 **will** 後面加 **not** 就可以了。此時也經常使用省略的形式 **won't**。疑問句及其回答方式則如下：

Will it rain tomorrow?

➡ 明天會下雨嗎？

Yes, it will.

➡ 是的，明天會下雨。

No, it won't.

➡ 不，明天不會下雨。

用 will 造疑問句時，要把 will 放在句首；回答方式則為「Yes, 主詞（代名詞）+ will.」或「No, 主語（代名詞）+ won't.」。

will 與 be 動詞

請注意以下例句中 be 動詞和 will 的擺放位置。

I will be fifteen years old next month.

➡ 我下個月就滿 15 歲了。

I 的 be 動詞現在式雖然是用 am，但因為 will 是助動詞，它後面的動詞要用原形，所以 am 會變成 be。

至於否定句，這裡因為有助動詞 will，因此同樣必須套用 will 的規則——後面一律用原形 be 動詞，這點請務必記住。請看以下例句：

I won't be fifteen years old next month.

➡ 我下個月還沒滿 15 歲。

Will you be fifteen years old next month?

➡ 你下個月就滿 15 歲嗎？

Yes, I will.

➡ 是的，我就快滿 15 歲了。

No, I won't.

➡ 不，我還沒滿 15 歲。

實戰練習・8

請配合中文語意，在括弧內填入適當的英文詞語。

1. 湯姆明天就出發前往日本。
→ Tom (　　　) (　　　　) for Japan tomorrow.

2. 美紀明天會在京都。
→ Miki (　　　) (　　　　) in Kyoto tomorrow.

3. 我今天下午會打掃我的房間。
→ I (　　　) (　　　　) my room this afternoon.

4. 你們明天會打網球嗎？ 是的，我們會。
→ (　　　) (　　　) (　　　　) tennis tomorrow?
Yes, (　　　) (　　　).

（答案）

　　1. Tom will leave for Japan tomorrow.
　　2. Miki will be in Kyoto tomorrow.
　　3. I will clean my room this afternoon.
　　4. Will you play tennis tomorrow? Yes, we will.

⑨ 時態總整理

　　目前為止，我們已學了現在簡單式、過去簡單式、進行式、未來簡單式，現在先來簡單複習一下。

1 現在簡單式：I study English.

表示平常就有學英文的習慣。

2 現在進行式：I am studying English.

表示現在正在讀英文。

3 過去簡單式：I studied English last night.

表示在過去的某個時間點，念了英文。

4 過去進行式：I was studying English at 9:00 last night.

表示在過去的某個時間點，正在讀英文，而且這個動作是持續的。

5 未來簡單式： I am going to study English.

表示未來有計畫或是打算讀英文。

6 未來簡單式：I will study English hard.

表示接下來要努力學習英文，代表主詞中人的意志。

請運用目前學過的文法,測試一下自己英文的讀寫說能力。
以下為鮑伯和美紀搭乘新幹線的對話。

<讀>

Miki:Are you going to visit Nara?

Bob:No, not this time.

I'm going to stay in Kyoto for three days.

How about you?

Miki:I will visit Kiyomizu-dera temple.

Bob:Lucky you! It's a good place.

Miki:I'm looking forward to visiting the temple!

<寫・說>

請將以下要點寫下來並唸出來。

① 接下來想去的地方。

② 計畫在那裡待多久。

③ 自己很期待的心情。

〔讀〕

美紀:你打算去奈良嗎?

鮑伯:不,這次沒打算,我計畫在京都待三天。妳呢?

美紀:我打算去清水寺。

鮑伯:好羨慕啊!清水寺是個很棒的地方。

美紀:我很期待去那裡!

例：① I'm going to visit Hokkaido.（我要去北海道玩。）

② I'm going to stay there for two days.
（我要在那裡待兩天。）

③ I'm looking forward to visiting Sapporo.
（我很期待去札幌玩。）

第 **3** 天

動詞形態

　　本章要依序介紹，幫助動詞形成各種語態及時態的「助動詞」、強調自身經驗的「現在完成式」，以及用來詢問具體細節的「疑問詞」。這些都是相當實用的文法，請大家務必確實記住！

今天就學會這個！

☑ 用助動詞，改變動詞主要的意義。

☑ 用現在完成式，表達經驗或是從過去持續進行到現在的某個動作。

☑ 用疑問詞提問，並且回答問題。

① 助動詞

在未來簡單式，我們學到了助動詞 will，接下來要介紹另外 5 種最具代表性的助動詞，分別是：can、may、must、have to、should。

助動詞，顧名思義，就是**幫助動詞形成各種意義**，主要用來補充說明、表達說話者的意志，使溝通更加圓滑。接著，讓我們依序看下去。

can=「能夠（有能力）做某事」

助動詞沒有人稱的變化，它能夠直接放在動詞前面，讓動詞產生不同的意義。例如，加了 can，就變成「能夠做某事」的意思。要注意的是，助動詞後面一定要接**原形動詞**。

Emi can write a letter in English.
➡ 艾美能夠用英文寫信。

另外，用助動詞造否定句時，只要在助動詞的後面加上 not 就可以了。

Emi cannot write a letter in English.

➡ 艾美不能夠用英文寫信。

　　為了便於理解，例句用的是 cannot，事實上，比較口語的說法是 can't，請先記下來。

　　接下來，我們要介紹助動詞的疑問句以及回答方式。

Can Emi write a letter in English?

➡ 艾美能夠用英文寫信嗎？

Yes, she can.

➡ 是的，她能夠。

No, she can't.

➡ 不，她不能夠。

　　像這樣，把 Can 放到句子的開頭，就會變成疑問句；回答方式則是「Yes, 主詞（代名詞）+ can.」或是「No, 主詞（代名詞）+ can't.」。

> **重要**
> 助動詞 can 有「能夠做某事」的意思，否定句就用縮寫 can't。

may=「可以～」、「可能～」

把助動詞 may 放動詞前面，有允許、也就是「**可以做～**」的意思。

You may use my cell phone.
➡ 你可以用我的手機。

may 代表許可，否定句則有不允許、也就是「**不可以～**」的意思。

You may not use my cell phone.
➡ 你不可以用我的手機。

也有以 may 開頭的疑問句。例如：

May I use your cell phone?
➡ 我可以用你的手機嗎？

你可能會覺得 may 和 can 的用法很像，所以想用「Yes, you may～」或「No, you may not～」來回答，但其實這**並非恰當說法**。相關文法我們會在下一節的「助動

詞的口語表達」詳細說明（請參考第 97 頁）。此外，may
也可以用來表示推測，請看以下例句：

This news may be true.

➡ 這個消息可能是真的。

　　may 表推測時，代表「**可能～**」的意思。這也是很常
用的說法。

must=「必須～」、「一定是～」

I must get up early tomorrow.

➡ 我明天早上必須早起。

　　助動詞 must 放在動詞前面，用來表達「**必須～**」的
意思。另外，它的否定句是「**不可做～**」、禁止的意思。

You must not stay up late.

➡ 你不可以熬夜。

　　may not 的意思與 must not 很接近，但事實上，**must**

not 的語氣更為強烈。must 也可以用來表示推測之意，請看以下例句：

This news must be true.

➡️ 這個消息一定是真的。

這裡的 must 和 may 都有推測的意思，不過，**must be 的語氣又更為強烈**，表「**一定是～**」的意思。

> **重要**
>
> may 有「可以做～」（許可）、「可能」（推測）兩種意思，在口語中很常用；must 則有「必須～」、「一定是～」的意思，放在動詞前面。

have to=「必須（得）～」

have to 放在動詞前面，和 must 都有「必須」的意思。嚴格來說，have 並不是助動詞，是因為和 to 放在一起才有助動詞的功能。

I have to read the book.

➡️ 我必須讀這本書。

　　由於 have 本身並非助動詞，而是一般動詞，因此主詞為第三人稱單數時，have 必須改成 has；否定句則是將 don't 改成 doesn't。

I don't have to read the book.
➡ 我不必讀這本書。

　　用於肯定句時，must 與 have to 意思相近，兩者都是表示「必須」的意思，但 **have to** 強調的是**客觀要求**，用於否定句時，表「不必～」的意思；**must** 則是強調**個人的主觀義務**。這是兩者最大的差異，請務必特別注意。

　　改成疑問句時，也和一般動詞相同，把 do ／ does 放到句首；以 no 回答時，則是在 don't ／ doesn't 的後面加 have to。

Do I have to read the book?
➡ 我一定要讀這本書嗎？

Yes, you do.
➡ 是的，你一定要。

No, you don't have to.
➡ 不，你不必讀這本書。

should=「應該〜」

助動詞 should 放在動詞前，有「**應該做〜**」（義務）的意思。如果變成否定句，就是「**不該做〜**」的意思。

You should go home.

➡ 你應該回家了。

You should not eat too much.

➡ 你不該吃太多。

助動詞 = 幫助動詞形成不同意義

He can play piano.
➡ 他會彈鋼琴。
 能力

He will play piano.
➡ 他將會彈鋼琴。
 未來

He should play piano.
➡ 他應該彈鋼琴。
義務

重要　have to 和助動詞 must 都有「必須做」的含意，而 should 則是被賦予「應該做」的意思。

人稱練習・10

請依下列人稱，在 have to 和 has to 之中，選出最適當的用法，並將正確答案寫下來。

1. we　2. my sister　3. their boss　4. you
5. he　6. her father　7. I　8. my friends

答案

1. we have to　2. my sister has to　3. their boss has to
4. you have to　5. he has to　6. her father has to
7. I have to　8. my friends have to（請將正確答案反覆唸出來）

實戰練習・1

請配合中文語意，在括弧內填入適當的英文詞語。

1. 我能夠用這部電腦。
→ (　　　) (　　　) (　　　) this computer.

2. 我今天必須要遛狗。　　　　　※有兩種回答方式。
→ I (　　　) walk my dog today.
　 I (　　　) (　　　)walk my dog today.

3. 他今天可以不做功課。
→ ( ) ( ) ( ) ( ) do his
homework today.

4. 你可以看那部電影。
→ ( ) ( ) watch the movie.

1. I can use this computer.
2. I must walk my dog today.　I have to walk my dog today.
3. He doesn't have to do his homework today.
4. You may watch the movie.

② 助動詞的口語表達

前面提到，助動詞能讓溝通變得更圓滑。因此，**在口語中出現的頻率非常高**。首先是 Can I、May I，表「我可以做～嗎？」的意思。

Can I take a picture here?
➡ 我能在這裡照相嗎？

May I take a picture here?
➡ 我可以在這裡照相嗎？

Can I、May I 都有**徵求對方許可的意思，但 Can I 的語氣比較隨性一些**。回答方式如下：

Sure.
➡ 沒有問題。

I'm sorry, but you can't.
➡ 抱歉，不能在這裡照相。

All right.
➡ 可以啊。

I'm afraid you can't.
➡ 不好意思，恐怕不行。

要特別注意的是，若回答時用「No, you can't.」或「No, you may not.」，由於**在語氣上太過直接**，並不是

很恰當，因此一般會選擇用「**I'm sorry, but～**」、「**I'm afraid you can't～**」

will you、can you

　　will you 和 can you 都有「請幫我～好嗎？」的意思，用於比較隨性的一般請求。

Will you **open the window?**

➡ 請幫我開一下窗，好嗎？

would you、could you

　　would you、could you 有「麻煩您幫我～好嗎？」的意思，這在口語中是比較禮貌的說法。

Would you **help my mother?**

➡ 麻煩您幫我媽媽，好嗎？

shall I

　　shall I 通常用來表示提議，向對方提出「我來做～

吧！」的意思。

這個用法聽起來似乎比較拘謹，但事實上，shall I 不但可用於長輩，也適用於比較親密的朋友。

回答方式如下：

Shall I wash your car?

→ 我來幫你洗車吧？

Yes, please.

→ 好的，麻煩您。

No, thank you.

→ 不用了，謝謝您。

shall we

Shall we dance together?

→ 一起跳舞吧？

你是不是也在哪聽過上述說法呢？其實，這句話是出自由日本演員役所廣司和草刈民代所主演的電影《來跳舞吧！》（*Shall We Dance?*）。

shall we 是向對方徵詢意見的說法。

若有人用「Shall we～」的句型問你，請這樣回答：

Yes, let's.
➡ 好的，沒問題。

No, let's not.
➡ 不用了。

would you like

would you like 和 want（想要～）意思相近，但用 would you like 在口語上是比較禮貌的說法，表示「來一點～如何？」的意思。在餐飲場所經常會聽到這個用法，回答方式如下：

Would you like some more cake?
➡ 再來一點蛋糕如何？

Yes, please.
➡ 好的，謝謝。

No, thank you. I've had enough.
➡ 不用了，謝謝，已經夠了。

實戰練習・2

請配合中文語意，在括弧內填入適當的英文詞語。

1. 我可以坐這裡嗎？ 好的，請坐。
→ (　　　) (　　　) sit here? (　　　).

2. 再來一點咖啡如何？ 好的，謝謝。
→ (　　) (　　) (　　) some coffee?
Yes, (　　　).

3. 我來開一下窗戶吧？
→ (　　) (　　) (　　　) the window?

4. 麻煩你幫我拿這個包包，好嗎？ 沒問題！
→ (　　) (　　) (　　) the bag? Sure.

（答案）
1. May I sit here? Sure.
2. Would you like some coffee? Yes, please.
3. Shall I open the window?
4. Could（Would）you carry the bag? Sure.

3 現在完成式：表「持續」的用法

現在完成式有3種用法，分別表示「**持續**」、「**經驗**」、「**完了**」。首先，我們先來看「持續」的用法。

假如你想表達的是，「從去年開始就一直住在東京」，這個時候就可以使用現在完成式，代表一件事已經持續一段時間。

那麼，它和過去式，也就是「我去年住在東京」這個句子有什麼不同呢？

過去式表示的是，在過去的某個時間點已經發生的事。因此，**這個人現在並不一定住在東京**。

而現在完成式則代表，這個人**從去年某個時間點開始，就一直住在東京直到現在**。

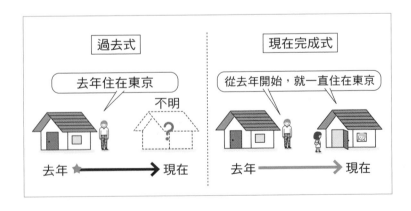

因此，欲**表達某個動作從過去一直持續到現在**，就要用「現在完成式」。

接下來，我們來看看現在完成式表「持續」的用法。

I have lived in Tokyo since last year.

➡ 我從去年開始住在東京。

I have lived in Tokyo for a year.

➡ 我住在東京已經一年了。

如上方例句所示，表「持續」的現在完成式，要用「**主詞＋ have / has ＋ 過去分詞（Past Participle，p.p.）**」。

或許有人會問：「什麼是過去分詞？lived 不是 live 的過去式嗎？」接下來我們以 live 為例來說明。

原形動詞是 live，過去式是 lived，過去分詞 lived 則是**動詞的第三態**。

多數動詞的過去分詞與過去式，都是同樣的形態。會變化的過去分詞，就是屬於不規則變化的動詞，可參考附錄第 258 頁的不規則動詞變化表。

另外，你可能會注意到兩個尚未出現過的介系詞，一

個是 **since**（自從～以來，強調某個時間點），一個是 **for**（在～之間，表一段時間）。

　　這兩個單字經常與 ==現在完成式== 合併使用，請各位讀者多加留意。

> **重要**
>
> 表「持續」的現在完成式，要用「主詞＋have /has ＋過去分詞（p.p.）」；常與 since、for 等介系詞合併使用，表「一直持續做某事」的意思。

表「持續」的否定句

　　接著是現在完成式的否定句。

　　一般而言，否定句用「have / has + not」，但實際上，haven't / hasn't 的縮寫用法更為普遍，表示「==一直都沒有在做某事==」的意思。

I haven't lived in Tokyo since last year.
➡ 我從去年開始就不住在東京了。

I haven't lived in Tokyo for a year.
➡ 我不住在東京一年了。

現在完成式：表「持續」的疑問句

變疑問句時，把 have / has 移到句子開頭即可。例句如下：

Have you lived in Tokyo since last year?
➡ 你從去年開始住東京嗎？

Have you lived in Tokyo for a year?
➡ 你住在東京一年了嗎？

回答方式也同樣用 have / has。

Yes, I have.　　　　**No, I haven't.**
➡ 是的，我已經住一年了。　➡ 不，我沒有住一年。

> **重要**
> 現在完成式表「持續」的否定句，要用「主詞＋have / has ＋ not ＋過去分詞（p.p.）」的句型，表示「一直都沒有在做某事」的意思。

> **重要**
>
> 現在完成式表「持續」的疑問句,是將 have 搬到句首:「Have / Has + 主詞 + 過去分詞(p.p.)」;回答方式也同樣用 have / has。

人稱練習 · 11

請依下列人稱,在 have / has lived 之中,選擇適當的選項並練習造句。

1. **my brother**   2. **you**   3. **she**   4. **we**

5. **my uncle**   6. **they**   7. **Emi**

（答案）

1. my brother has lived   2. you have lived   3. she has lived
4. we have lived   5. my uncle has lived   6. they have lived
7. Emi has lived （請將正確答案反覆唸出來）

實戰練習 · 3

請配合中文語意,在括弧內填入適當的英文詞語。

1. 他去年開始教英文。

→ ( ) ( ) ( ) English ( ) last year.

2. 我們已經一個禮拜沒有和艾美見面了。

→ ( ) ( ) ( ) Emi ( ) a week.

3. 你生病3天了嗎？　是的，我生病3天了。

→ (　　) (　　) (　　) sick (　　) three days?
Yes, (　　) (　　).

4. 他哥哥在美國唸一年書了。

→ (　　) (　　) (　　) (　　) in the U.S. (　　)
a year.

 學 習 重 點

現在完成式與 be 動詞
現在完成式的句子，就算句子當中含 be 動詞，也並非依據 be 動詞否定句與疑問句的規則來變化，而是要使用現在完成式的規則。

現在完成式：
表「經驗」的用法

　　接下來，讓我們來看現在完成式的第二種用法，也就是用來**表達自己曾經（從過去到現在為止）做過或經歷過的事**。

I have read **this book** three times.
➡ 這本書我已經看過3次了。

　　上述句子的three times（3次），經常出現在現在完成式表經驗的句子中。**一次是once，兩次是twice，之後是 three times、four times 等，「很多次」就是 many times**。現在完成式表「經驗」的否定用法，請看以下的例句。

I have never read **this book（before）**.
➡ 我從沒看過這本書。

　　這和我們過去所學過的否定句有些不同，**它不用 not，而是把 never 放在 have / has 與過去分詞的中間**。接下來，請看疑問句的用法。

Have **you ever read** this book?

→你看過這本書嗎？

Yes, I have.

➡ 是的，我看過。

No, I haven't.

➡ 不，我沒看過。

　　疑問句的造句方式，和現在完成式表「持續」的用法幾乎相同，只是通常會把 ever（到目前為止）放到動詞前面，這點請大家先記下來。

> **重要**
>
> 用現在完成式表「經驗」時，否定句不用 not，而是將 never 放在動詞前面；改成疑問句時，則是將 ever 放到動詞前面。

　　在表「經驗」的用法當中，要特別注意的是，當你要表達去過某個地方時，用的不是「have gone（go 的過去分詞）to ～」，而是「have been（be 的過去分詞）to ～」（表旅程已經結束，並返回出發地）。

I have been to **Okinawa** three times.

➡ 我去過沖繩 3 次。

○學○習○重○點○
現在完成式的第四個用法
現在完成式還有表「結果」的用法。例如：He has gone to Okinawa.（他去了沖繩〔現在人不在這裡〕），這個句子是用來表示「結果」與「現在的狀態」。

人稱練習・12

請依下列人稱，在 have / has 之中，選出最適當者，並以現在完成式，造出「～去過」的語句。

1. he　　2. my classmates　　3. we　　4. I
5. his sister　　6. they　　7. the students　　8. John

答案
1. he has been to　2. my classmates have been to
3. we have been to　4. I have been to
5. his sister has been to　6. they have been to
7. the students have been to　8. John has been to
（請將正確答案反覆唸出來）

實戰練習・4

請配合中文語意，在括弧內填入適當的英文詞語。

1. 我看過這部電影。
→ I (　　　) (　　　) this movie.

2. 你去過日本嗎？　不，從沒去過。

→ (　　　) (　　　) (　　　) (　　　) to Japan?
No, (　　　) (　　　) .

3. 艾美有用英語演講過。

→ Emi (　　　) (　　　) a speech in English.

4. 我朋友從沒打過網球。

→ My friend (　　　) (　　　) (　　　) tennis.

（答案）

1. I have watched (seen) this movie.
2. Have you ever been to Japan? No, I haven't.
3. Emi has made (given) a speech in English.
4. My friend has never played tennis.

5 現在完成式：表「完了」的用法

接著是現在完成式的最後一個用法，表示「**剛剛做完～**」或「**已經做完～**」的意思。請看以下例句：

I have just read this book.
➡ 我剛剛把這本書看完了。

I have already done my homework.
➡ 我已經做完功課了。

這個用法很容易和過去簡單式搞混，大家只要記得，現在完成式表「完了」的用法，主要是強調**在現在這個時間點的狀態**，也就是從過去到目前為止已完成的動作，重點在於動作的結果。

現在完成式表「完了」的句型，是「**have／has +
just／already + 過去分詞（p.p.）**」，表示「**剛剛完成
了**」、「**現在已經完成了**」的意思。

表「完了」的否定句、疑問句

現在完成式表「完了」的否定句，**通常會在句尾加上
yet**。

I haven't eaten lunch yet.

➡ 我還沒吃午餐。

疑問句也同樣是在句尾加 yet 。

Have you eaten lunch yet?

➡ 你已經吃午餐了嗎？

Yes, I have.

➡ 是的，我已經吃了。

No, I haven't.

➡ 不，我還沒吃。

yet 這個字，**在否定句裡代表「還沒」的意思**，但在
疑問句則代表「已經」的意思，請注意這兩者的差別。

> **重要**
>
> 現在完成式表「完了」的句子，是「have／has +
> just／already + 過去分詞（p.p.）」。
> 此外，請注意否定句和疑問句裡常用的「yet」，
> 分別代表不同的意義。

實戰練習・5

請配合中文語意，在括弧內填入適當的英文詞語。

1. 我剛下火車。

→（　　　）（　　　）（　　　）（　　　）off the train.

2. 你已經寫完信了嗎？ 不，還沒。

→（　　　）（　　　）（　　　）the letter（　　　）?

No,（　　　）（　　　）.

3. 約翰還沒看那本書。

→ John（　　　）（　　　）the book（　　　）.

4. 她已經把所有錢都用光了。

→ She（　　　）（　　　）（　　　）all of her money.

1. I have just gotten off the train.
2. Have you written the letter yet? No, I haven't (not yet).
3. John hasn't read the book yet.
4. She has already spent all of her money.

6 疑問詞

本章最後要學的是「疑問詞」。當我們想了解更具體的資訊時，經常會用到疑問詞。此小節的內容會比較多一點，請大家再加油！

疑問詞主要有 **what**（什麼）、**who**（誰）、**when**（何時）、**where**（哪裡）、**why**（為什麼）、**which**（哪個）、**how**（如何）。

目前為止，我們所學的疑問句，回答的方式都是以 Yes / No 為主。如果想獲得更具體的資訊，就要藉用上述的疑問詞。

要用疑問詞造問句時，只要把**疑問詞加在 be 動詞及一般動詞的前面即可**，一點都不難。接下來，我們也會一邊複習前面所學過的疑問句。

be 動詞的「wh-」問句

大原則就是**把疑問詞放到句首**。請看以下例句：

What is A?　　**When is B?**　　**Where is C?**
➡ A 是什麼？　　➡ B 是什麼時候？　　➡ C 在哪裡？

How is D?　　**Who is E?**
➡ D 如何？　　➡ E 是誰？

在 A、B、C、D、E 中，放上想問的語句，前面接 be 動詞就變成疑問句了，請看以下例句。

What is this?　　　　　　　　**It's soba.**
➡ 這是什麼？　　　　　　　　　　這是蕎麥麵。

When is your birthday?　　**It's April 10th.**
➡ 你的生日是什麼時候？　　　　　是 4 月 10 日。

Where is the library?　　**It's next to the city hall.**
➡ 圖書館在哪裡？　　　　　　　　在市政府隔壁。

How is the weather?　　　　**It's sunny.**
➡ 天氣如何？　　　　　　　　　　很晴朗。

Who is that man?　　　　**He is** my brother.

➡ 那個男人**是誰**？　　　　　　　　　他**是**我弟弟。

　　上述例句中，E 指的是人，所以回答方式用「He is～」；若詢問的對象是複數形的話，就把 what is 的 be 動詞改成 are 即可。

What are these?　　　**They are** paper cranes.

➡ 這些**是什麼**？　　　　　　　　　這些**是**紙鶴。

　　如果是過去式的話，就把 is 改成 was / were。

When was **the** last concert?

➡ 上一場演唱會**是什麼時候**？

It was last Sunday.

➡ **是**上個週日。

一般動詞的「wh-」問句

　　首先，我們先來複習一般動詞的疑問句。第三人稱單數之外的主詞，是**在句首加上 Do**，大家還記得嗎？

You study math. 你讀數學。

Do **you study math?** 你會讀數學嗎？

　　若例句中的 **math 是未知資訊的話**，疑問詞就必須登場了──把 what 固定加在句首即可。

Do you study math**?** 你讀數學嗎？

What **do you study?** 你讀什麼？

　　同樣的，若想問「什麼時候」讀的話，就用 when 當疑問詞。

Do you study math on Sunday**?**
你星期天會讀數學嗎？

When **do you study math?**
你什麼時候會讀數學？

若想問「在哪裡」讀的話，就用 where 當疑問詞。

Do you study math at the library?

你在圖書館讀數學嗎？

↓

Where do you study math?

你在哪裡讀數學？

若想問「誰」的話，就用 who 當疑問詞。

Do you like the singer?　　　你喜歡這個歌手嗎？

↓

Who do you like?　　　你喜歡誰？

主詞為第三人稱單數時，只要把 do 改成 does 就好。

Does she study math?　　　她讀數學嗎？

↓

What does she study?　　　她讀什麼？

若為過去式，do 則須換成 did 。

Did he study math? 他讀了數學嗎？

What did he study? 他讀了什麼？

 原則上，疑問詞固定加在句首；be 動詞與一般動詞的變化皆依照疑問句的規則。

一般動詞的「wh-」答句

　　一般動詞的「wh-」疑問句，回答時要先把疑問句變成肯定句。

　　以「What does he study?」為例，要先把 What 和 does 拿掉，接著再回答「主詞 + 動詞 + 受詞」。不過，He study math 是錯的，為什麼呢？這是因為，這裡的主詞 He 是第三人稱單數，因此答句必須變成「He studies math.」。

　　過去式也是同樣的情形。以「What did you study?」為例，把 what 和 did 拿掉，肯定句是 I study math，然後再把 study 改為過去式，變成「I studied math.」。

疑問詞 + 名詞的句子

　　介紹完疑問詞的基本用法後，接下來，我們要更進一步學「**你喜歡什麼樣的運動？**」這樣的疑問句。以下是常見的錯誤例句：

What **do you like** sports? ✗

　　乍看之下，這句子好像是對的，但其實「什麼樣的運動？」和中文一樣，語序上也是「什麼＋運動」，因此 what sports 才是正確的：

What sports **do you like?**　　　I like tennis.
➡ 你喜歡什麼樣的運動？　　　　　　　　我喜歡網球。

　　那麼，我們來想一想「**你喜歡哪個顏色？**」這個句子應該怎麼說呢？

Which color **do you like?**　　　I like blue.
➡ 你喜歡哪個顏色？　　　　　　　　　我喜歡藍色。

當疑問詞是主詞時，答句有例外

當疑問詞變成主詞時，回答方式也有例外，請務必記住。假設以下例句中的 John 是我們要詢問的資訊。

John has a lot of CDs.

➡ 約翰有很多 CD。

既然要問的是人，就把主詞 John 去掉，加上 who。

Who has a lot of CDs?

➡ 誰有很多 CD？

從這個句子可以看出，**主詞是疑問詞 who**，因此應該有不少人會回答：John has a lot of CDs，但正確的回答方式其實是：

John does.

➡ 是約翰。

基本上，英文是不喜歡重複的語言，這裡為了避免重複，就**把 has 以下的語句省略掉，用 does 來取代**。

> **重要**　想表示「喜歡什麼～？」時，就用「疑問詞＋名詞」的句型；當疑問詞是主詞時，記得回答時要避免句子重複。

時間、期間、數量、價錢的疑問詞

最後，我們要介紹疑問詞與其他語句組合起來的用法，這在對話中經常會用到，因此若能學會，口語表達將會更豐富。

首先，是詢問時間所使用的疑問詞。

What time is it now?   **It's 10:30.**

➡ 現在幾點？   現在 10 點半。

接下來，還有詢問**時間長短（期間）**的說法，這在口語中也經常使用。

How long have you been in Japan?

➡ 你在日本多久了？

I have been here for three years.

➡ 我在日本 3 年了。

另外，還有表達物品數量的說法。

How many books do you have?　I have 50.

➡ 你有幾本書？　　　　　　　　　　　　我有 50 本。

最後，還有詢問價錢的說法，這在出國時常會用到。

How much is this T-shirt?　　　It's NTD200.

➡ 這件 T 恤多少錢？　　　　　　　　　　是 200 元。

What time	How long	How many	How much
問時間	問期間	問數量	問金額

重要 「疑問詞 + 其他詞語」組合起來的用法，可以詢問時間、期間、數量、價錢等具體資訊。

（學）（習）（重）（點）

其他「疑問詞＋其他詞語」的用法

其他用法還有 what day（星期幾）、 how old（幾歲）、
how often（多常）、how far（多遠）等不同說法。

實戰練習・6

請配合中文語意，在括弧內填入適當的英文詞語。

1. 你家在哪裡？　在公園旁邊。

→（　　　）（　　　）your house?

It's next to the（　　　）.

2. 學校什麼時候開始上課？　4月8日。

→（　　　）（　　　）school（　　　）?

（　　　）（　　　）on April 8th.

3. 你喜歡什麼音樂？　我喜歡 J-POP（日本流行音樂）。

→（　　　）（　　　）of music（　　　）（　　　）（　　　）?

I（　　　）J-POP.

4. 你怎麼來學校的？　我坐巴士。

→（　　　）（　　　）you（　　　）to school?

I（　　　）（　　　）（　　　）.

（答案）
1. Where is your house? It's next to the park.
2. When does school begin (start)? It begins (starts) on April 8th.
3. What kind of music do you like? I like J-POP.
4. How do you come to school? I take (ride) the bus.

綜合練習・4

請運用目前學過的文法，測試一下自己的讀寫說能力。以下是鮑伯和美紀搭乘新幹線的對話。

＜讀＞

Miki：Do you like Japanese food?

Bob：Yes, I love it.

Miki：How about natto? Can you eat it?

Bob：Well, I have not tried it yet.

Miki：You should try it. It's good for your health.

Bob：Really? I will try it some day.

＜寫・說＞

用以下要點寫出和自己相關的事。

① 喜歡的食物。

② 沒吃過的食物。

③ 哪天一定要～的決心。

（讀）

美紀：你喜歡日本料理嗎？
鮑伯：我超喜歡啊。
美紀：納豆如何？你敢吃嗎？
鮑伯：我還沒吃過。
美紀：你應該試試，對健康很好喔！
鮑伯：真的嗎？我改天一定要來試試看。

（寫・說）

例：① I like Japanese noodles.（我喜歡日本拉麵。）
　　② I have never eaten Sashimi.（我沒吃過生魚片。）
　　③ I will try it some day.（我改天要來試試。）

第 **4** 天

日常生活的表達：
人、事、物

　　本章要學的是，在句中扮演各種不同功能的「動名詞」與「不定詞」。它們和名詞都有相同的功能，因此，一開始會先介紹名詞。

　　動名詞與不定詞，除了可以敘述自己的興趣，也可以表達請託，是相當實用的說法，大家一起加油吧！

今天就學會這個！

☑ 用不定詞或動名詞，表達自己的興趣。

☑ 用特殊動詞，介紹朋友的名字。

☑ 熟悉各種情境下的人稱代名詞。

① 名詞

　　在進入「動名詞」和「不定詞」之前，我們必須先了解名詞。因為若不先搞懂**名詞的特性**，在理解句子時，就會出現困難。在前面的例句和練習題中，名詞也出現過很多次，但名詞究竟代表什麼呢？

　　簡單來說，名詞**指的就是人、物或名字**。

　　例如：醫生、胡蘿蔔、小狗、筆記本、電話、電腦等，這些都是名詞。英文和中文都有所謂的名詞，但不同的是，英文的名詞還分為「**可數名詞**」、「**不可數名詞**」。

可數名詞

　　可數名詞，指的是人、動物或其他個體，也就是有一定形狀的個體，或是同類的人或物集合起來的群體。

　　可數名詞，如果是單一個體，必須在名詞前加a或an。例如，a cat（一隻貓）、a doctor（一位醫生）、an apple（一顆蘋果）等。會加an是因為後面名詞的發音為母音開頭。

　　此外，名詞的複數形是在字尾加s，但若**碰到字尾為s或 x時，就必須加 es**。例如：box → boxes。以子音

+ y 結尾的字，如 city，則是要去掉 y 加 ies，變成 cities。另外，也有不規則變化的單字。例如：child → children。

a 是非特定，the 是特定

剛剛出現的 a，叫作「**冠詞**」，冠詞要加在名詞之前。冠詞除了加在可數名詞之前的 a、an 之外，還包含了 the，它要被放在不可數名詞之前。這兩者之間有些微的差異，可藉由以下兩種方式來分辨。

A: I have a book in my bag.
B: You really like reading books.

在第一組例句中，B 並不知道 A 的袋子當中有幾本書；B 的意思是「我不知道袋子裡有幾本書，但你真的很愛看書。」換言之，B 所說的 books，指的**並不是特定的哪本書**。

A: I have the book in my bag.
B: You really like the book.

至於第二組例句則是，B知道A的袋子裡有哪一本書；B的意思是「你真喜歡那本書」，且**A和B都知道那本特定的書**。因此a和the其實有著很大的差異。

非特定的a和**雙方都知道的the**，這是冠詞裡兩個非常重要的概念。

不可數名詞

不可數名詞有3種。例如：water（水）、milk（牛奶）等**沒有固定形狀的東西**；或是love（愛）、peace（和平）等**抽象概念的單字**，也可以指Tom（湯姆）或Japan（日本）這類**特定的人、事、物或地名等專有名詞**。

也有例外的情形，例如沒有固定形狀的東西，但表示單份或多份，如a cup of coffee（一杯咖啡）、a glass of water（一杯水）、a sheet of paper（一張紙）等，也算可數名詞。

不可數名詞

① 沒有固定形狀的東西
water、rain、milk…

② 抽象概念的單字
love、peace、time、anger…

③ 專有名詞
Tom、Japan…

實戰練習・1

下列畫底線的名詞前面，如有必要請加上 a、an、the（如不需要，請畫 ×）。

1. I have a lot of <u>money</u>.
2. I want <u>glass of water</u>.
3. A: I watched <u>soccer game</u> yesterday. It was exciting.

   B: You really like <u>soccer</u>.

（答案） 1. × 　2. a 　3-A. a 　3-B. ×

② 名詞的作用

　　在了解名詞的特性之後，接下來我們來想一想，名詞在句中扮演著什麼樣的角色？

① 當主詞

My uncle lives in Tokyo.

➡ 我的叔叔住在東京。

　　在這裡，名詞是句子的主詞，前面已介紹過，這裡就不再多做說明。

② 當補語

She is my sister.

➡ 她是我妹妹。

　　像這樣，接在 be 動詞後面的名詞就叫作「補語」（Complement），解釋主詞是誰（或什麼），或是說明主詞的狀態，為主詞補充、添加更多資料。

③ 當動詞的受詞

He studied English.

➡ 他讀英文。

I met your mother.

➡ 我和你的母親見了面。

　　像例句中，接受動作的人事物就稱為「受詞」（Object）。通常會出現在一般動詞的後面，指的是該動作的接受者。

④ 當介系詞的受詞

　　介系詞（Preposition）通常會放在名詞、代名詞的前面，用來表示前後詞語之間的關係。最常見的介系詞有 in、on、at、of、with、for等，後續會再詳細介紹。以下列舉幾個具代表性的介系詞＋名詞的組合。

I live in Tokyo.

➡ 我住在東京。

Your bag is on the table.

→ 你的袋子在桌上。

I am good at tennis.

→ 我網球打得很好。

This is a picture of my family.

→ 這是我全家的照片。

I play tennis with my friends.

→ 我和朋友一起打網球。

I have been sick for a week.

→ 我已經生病一個星期了。

　　橘色字標示的部分就是介系詞片語，大多用來表示名詞與句子中其他字的關係，例如：時間、位置、屬性、因果等。以上就是名詞的 4 個作用。

> **重要**
> 名詞有 4 個主要作用，分別是當 ① 主詞、② 補語、③ 動詞的受詞、④ 介系詞的受詞。

③ 動名詞

　　接下來是把動詞當名詞使用的「動名詞」（Gerund）。動名詞是由「原形動詞 ＋ ing」所組成，表示「**做～這件事**」。雖然**動名詞扮演著名詞的角色**，不過它依舊保有動詞的功能，也可以省略後面的受詞。

① 當主詞

　　請看以下例句，studying English（學習英文這件事）是句中的主詞，它在這裡同樣具有名詞①的作用，而studying的受詞是 English。接著，讓我們一邊和一般名詞當主詞的例句做比較，一邊繼續看下去。

English is difficult.
➡ 英文很難。

Studying English is difficult.
➡ 學習英文很難。

　　上述英文句中的動詞是 be 動詞，因此改成否定句與疑問句時，只要依照 be 動詞的規則即可。

Studying English isn't difficult.

→ 學習英文不難。

Is studying English difficult?

→ 學英文很難嗎?

Yes, it is.

→ 是的,很難。

No, it isn't.

→ 不,不難。

② 當補語

My hobby is playing tennis.

→ 我的嗜好是打網球。

在這個句子中,playing tennis 緊接在 be 動詞後面,當作**補語**,也就是名詞②的作用(同樣作為補語)。

③ 當動詞的受詞

He likes books.

→ 他喜歡書。

He likes reading books.

→ 他喜歡看書。

reading books 是 like（喜歡）的**受詞**，也就是前面提到名詞③的作用（當動詞的受詞）。在一般動詞的句子中，第三人稱單數為主詞時，若要改成否定句和疑問句，請看下面例句：

He doesn't like reading books.

→ 他不喜歡看書。

Does he like reading books?

→ 他喜歡看書嗎？

Yes, he does.

→ 是的，他喜歡。

No, he doesn't.

→ 不，他不喜歡。

④ 當介系詞的受詞

She is good at tennis.

→ 她很會打網球。

She is good at playing tennis.

→ 她網球打得很好。

「be good at ～」是「～做得很好」的意思。playing tennis 在這裡具有名詞④的作用，為**介系詞 at** 的受詞。

> **重要**
> 「動名詞」（V-ing），指的是「做～這件事」，可當作名詞。因此同樣具有 4 種作用。

實戰練習・2

請配合中文語意，在括弧內填入適當的英文詞語。

1. 我的嗜好是看電影。

→ (　　　) hobby is (　　　) movies.

2. 我喜歡做菜。

→ I (　　　) (　　　) .

3. 在公園跑步很好玩。

→ (　　　) in the park is a lot of fun.

4. 他很會彈吉他。

→ (　　) (　　　) good at (　　　) the guitar.

（答案）

1. My hobby is watching movies.
2. I like cooking.
3. Running in the park is a lot of fun.
4. He is good at playing the guitar.

4 不定詞當名詞 I：to＋原形動詞

接著，我們要看的是「不定詞」的用法。不定詞能造出比較複雜的句子。

① 當主詞

不定詞有 3 種用法，分別是①「當名詞」、②「當形容詞」、③「當副詞」。首先，我們要學的是①「當名詞」，是使用「**to＋原形動詞**」的句型，有「做～這件事」的意思。

各位讀者看到這裡是否聯想到了呢？沒錯，不定詞的名詞用法，和上一節的動名詞有許多相同的作用。

動名詞〈動詞＋ing〉	不定詞〈to＋原形動詞〉
playing soccer	to play soccer
＝踢足球這件事	＝踢足球這件事

① 當名詞
② 當形容詞
③ 當副詞
（②③請參考第 198、202頁）

動名詞與不定詞當名詞 ① 幾乎完全一樣！

　　因為不定詞能夠當名詞使用，因此它也具有名詞的功能。接著，讓我們將不定詞的句子和一般句子比較看看。

English **is difficult.**
➡ 英文**很難**。

To study English **is difficult.**
→學英文**很難**。

　　我們可以知道，to study English（學習英文這件事）在句中是主詞。再來，請看另一個類似的例句。

These books **are important.**
➡ 這些書**很重要**。

To read books **is important.**
➡ 閱讀書籍**很重要**。

　　to read books（閱讀書籍這件事）在句子中也同樣被當作主詞使用。

② 當補語

和名詞的作用②一樣，不定詞可用來補充說明主詞或受詞的狀態。

My hobby is to play tennis.
➡️ 我的嗜好是打網球。

to play tennis 放在 be 動詞的後面，就是用不定詞當（My hobby 的）補語，再視作名詞。

③ 當作動詞的受詞

在名詞③的作用當中，是把名詞當作動詞的受詞，一般都會放在動詞的後面，當作該動作的接收者。不過，有些動詞的後面只能接動名詞（V-ing），有些只能接不定詞 to。

只能接動名詞的動詞當中，最常見的有 enjoy（享受～）、finish（做完～）等。這些動詞通常和現在以及過去所做的事有關，表達一種持續的狀態、事實、習慣等。請看例句：

I finished writing **a letter.** ⭕

I finished to write **a letter.** ✖

➡ 我寫完信了。

　　相對的，只能接不定詞的動詞：**want**（想要～）、**hope**（希望～）、**decide**（決定～）等。這些動詞則是和未來打算要做的事有關（但並不是所有的動詞都適用）。

I want to visit **Hokkaido.** ⭕

I want visiting **Hokkaido.** ✖

➡ 我想去北海道。

I decided to work **hard.** ⭕

I decided working **hard.** ✖

➡ 我決定要努力工作。

　　那麼，你記得前面提到，名詞④的作用：當介系詞的受詞（第 135 頁）嗎？不過，和動名詞不同的是，**不定詞當名詞使用時，是不可以放介系詞後面的**。

　　請看下面例句：

I'm good at to play tennis. ✗

 我網球打得很好。

> **重要** 不定詞的名詞用法除了作用④之外,和動名詞都具有一樣的功能。有些動詞後面只能接動名詞(V-ing),有些只能接不定詞 to。

實戰練習・3

請配合中文語意,在括弧內填入適當的英文詞語。

1. 出國是我的夢想。
→ (　　　) (　　　) abroad is (　　　) dream.

2. 我想去釣魚。
→ I (　　　) (　　　) (　　　) fishing.

3. 我的嗜好是在電視上看足球。
→ (　　　) hobby is (　　　) (　　　) soccer on TV.

（答案）
1. To go abroad is my dream.
2. I want to go fishing.
3. My hobby is to watch soccer on TV.

5

不定詞當名詞 II：
It is + 形容詞 + to do

　　還記得前面的例句「To study English is difficult.」嗎？這個例句是用不定詞當名詞，它的主詞比較長。但英文不喜歡太長的主詞，所以會**藉由 it 來縮短主詞**（當作虛主詞），讓句子變得更簡潔。

It is **difficult** to **study English.**
→ 學英文很難。

　　先以 It is difficult 開頭，後面再接「to + 原形動詞」，來表示某件事很難。另外，也可以在句子中加上 **for**，**表示「對～而言」**。

It is **difficult** for **us** to **study English.**
→ 對我們來說，學英文很難。

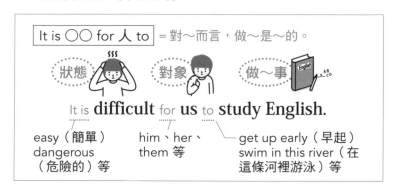

It is ○○ for 人 to ＝對～而言，做～是～的。

狀態　　對象　　做～事

It is **difficult** for **us** to **study English.**

easy（簡單）
dangerous
（危險的）等

him、her、
them 等

get up early（早起）
swim in this river（在
這條河裡游泳）等

us 是人稱代名詞「我們」的受格，後續會再詳細介紹（第 157 頁）。請大家先將「for us」（對我們而言）的意思記下來。

「It is ～ for 人 to ～」

「It is ～ for 人 to ～」的句型，因為是含有 be 動詞的句子，改成否定句時，只要依照 be 動詞的規則變化即可。

It isn't difficult for us to study English.

→對我們來說，學英文並不難。

Is it difficult for us to study English?

→對我們來說，學英文難嗎？

Yes, it is.　　　　　　　　**No, it isn't.**

→是的，很難。　　　　　　　→不，不難。

> **重要**
> 「It is ～ for 人 to ＋原形動詞」，用來表示「對某人而言，做～是～的」的意思。

實戰練習・4

請配合中文語意，在括弧內填入適當的英文詞語。

1. 對年輕人而言，閱讀是很重要的。
→ (　　　) (　　　　) important (　　　) (　　　)
(　　　) (　　　) read books.

2. 對我們而言，學外語是很有趣的。
→ (　　　) (　　　　) interesting (　　　) (　　　)
(　　　) learn foreign languages.

3. 對於那些女孩們而言，唱歌是很有趣的。
→ (　　　) (　　　) a lot of fun (　　　) (　　　)
(　　　) (　　　) sing a song.

（答案）
1. It is important for young people to read books.
2. It is interesting for us to learn foreign languages.
3. It is a lot of fun for the girls to sing a song.

6 不定詞當名詞 III：「wh-」疑問詞 + 不定詞

接下來要介紹的是，把不定詞當名詞的特殊用法。將 what 或 where 等疑問詞和不定詞組合，造出「**應該做～**」、「**在哪裡應該做～**」的句子。

接下來，請看以下例句：

I know the man.
→ 我知道那個男人。

I know what to buy.
→ 我知道要買什麼。

what to buy 和 the man 同樣都是扮演名詞的角色，那麼，我們該怎麼用其他的疑問詞來造句呢？

I didn't hear the news.
→ 我沒聽到那個消息。

I didn't know where to go.
→ 我（那時）不知道要去哪裡。

I didn't know when to leave.
→ 我（那時）不知道什麼時候該出發。

I didn't know how to use the computer.
➡ 我（那時）不知道怎麼用電腦。

在這裡，where to go、when to leave、how to use the computer，和前一頁例句中的 the news **扮演的也都是名詞的角色**。

實戰練習・5

請配合中文語意，在括弧內填入適當的英文詞語。

1. 他（那時）不知道該說什麼。
➡ He didn't know (　　　) (　　　) (　　　).

2. 我知道幾點該起床。
➡ I know (　　　) (　　　) (　　　) (　　　).

3. 你知道該去哪裡吃午餐嗎？
➡ Do you know (　　　) (　　　) (　　　) lunch?

（答案）

1. He didn't know what to say.
2. I know when to get up.
3. Do you know where to eat lunch?

有時，我們會看到動詞後面出現兩個受詞，如下：

I gave Tom a birthday present.

➡ 我送湯姆一個生日禮物。

這類動詞稱授與動詞，請特別注意「人」+「物」的順序：「人」在前（間接受詞），「物」在後（直接受詞），請再看看其他例句：

She made us a cake.

➡ 她做了蛋糕給我們。

以下授與動詞需要兩個受詞來表達完整意思：

give 人＋物   ➡   給人東西

buy 人＋物   ➡   買東西給人

send 人＋物   ➡   寄東西給人

make 人＋物   ➡   做東西給人

tell 人＋物   ➡   告訴人什麼事

show 人＋物   ➡   給人看什麼東西

「call 人＋名字」

I call Benjamin Ben.

➡ 我叫班哲明小班。（叫別人暱稱）

　　這類動詞也有例外，就是 **call 人＋名字**的句型。這和我們之前講的「人」＋「物」的語順不同，請注意這裡的 Benjamin 和 Ben 是相等（＝）的關係。

實戰練習・6

請配合中文語意，在括弧內填入適當的英文詞語。

1. 他把他的照片給朋友看。
➡ (　　　) (　　　) (　　　) friend (　　　) (　　　).

2. 我們的老師告訴我們這個故事。
➡ Our teacher (　　　) (　　　) the (　　　).

3. 我寄了一封電子郵件給我妹妹。
➡ I (　　　) (　　　) sister an (　　　).

---

4. 我叫我的弟弟小班（**Ben**）。

→ (   ) (   ) (   ) brother (   ).

1. He showed his **friend** his pictures.
2. Our **teacher** told us the story.
3. I sent my **sister** an e-mail.
4. I call my **brother** Ben.

8 表達請託：「want 人 to～」

在第 145 頁，曾提到「want to～」的句子。這裡我們要解釋 want（想要～）的特殊用法。

I want my mother to cook dinner.
➡ 我想要媽媽做晚餐。

「want 人 to～」是「希望某人做某事」的意思。此外，也有其他類似的動詞。

John asked us to buy his lunch.
➡ 約翰要我們幫他買他的午餐。

例如，「ask 人 to～」，ask 原本就有「問」、「詢問」之意，因此在這裡代表「請求」的意思。

Our teacher told us to be quiet.
➡ 我們的老師要我們安靜。

至於「tell 人 to～」是「告訴（傳達）某人做某事」的意思。這個句型很常用，請大家務必熟記。

對象　　做某事

I want my mother to cook dinner.

ask（請求）
tell（告訴某人做某事）　用於較親密的人之間

實戰練習・7

請配合中文語意，在括弧內填入適當的英文詞語。

1. 我媽媽要我們打掃房間。
→ My mother ( ) ( ) ( ) clean our rooms.

2. 艾美叫鮑伯給她看他的照片。
→ Emi ( ) ( ) ( ) ( ) her his pictures.

3. 您可以請（告訴）她回我電話嗎？
→ Could you tell ( ) ( ) ( ) me back ?

答案

1. My mother wants us to clean our rooms.
2. Emi asked Bob to show her his pictures.
3. Could you tell her to call me back?

9 人稱代名詞的受格

這裡要介紹人稱代名詞的受格，我將前面學過的人稱代名詞整理如下：

	單數（1人、1個）	複數（2人、2個以上）
第一人稱	I　my	we　our
第二人稱	you　your	you　your
第三人稱	he　his she　her it　its	they　their

人稱代名詞除了當主詞以外，還可以放在動詞和介系詞的後面，當作受詞，所以必須換成受格，也就是 me、him、her。

I met him yesterday.
➡ 我昨天和他見面了。

I love her.
➡ 我愛她。

It is interesting for me to read books.
➡ 對我而言，閱讀很有趣。

　　這些人稱代名詞若放在動詞或介系詞的後面，分別有「做～」、「在～」，以及「對～而言」的意思。

人稱代名詞的所有格代名詞

　　最後，我們要介紹的是所有格代名詞，分別有：mine（我的）、ours（我們的）、yours（你的／你們的）、his（他的）、hers（她的）、its（它的）、theirs（他們的）。

This dictionary is mine.

➡ 這本字典是我的。

That guitar is his.

➡ 這把吉他是他的。

　　下頁的表格為加上受格、所有格的人稱代名詞，請大家務必熟記下表的用法。

	單數（1人、1個）	複數（2人、2個以上）
第一人稱	I　my　me　mine	we　our　us　ours
第二人稱	you　your　you　yours	you　your　you　yours
第三人稱	he　his　him　his she　her　her　hers It　its　its	they　their them　theirs

實戰練習・8

請配合中文語意，在括弧內填入適當的英文詞語。

1. 我和他去看演唱會。

→ I went to the concert with (　　　).

2. 我姊姊買了一件毛衣給我。

→ My sister (　　　) (　　　) a sweater.

3. 對她而言，閱讀英文報紙並不困難。

→ (　　　) (　　　) difficult (　　　) (　　　)

　　(　　　) read English newspapers.

4. 書桌上的字典是我的。

→ The dictionary on the desk (　　　) (　　　).

5. 那個娃娃不是她的。

→ That doll (   ) (   ).

6. 這枝筆是你的嗎？ 不，不是。

→ Is (   ) (   ) (   )?

No, (   ) (   ).

1. I went to the concert with him.
2. My sister bought me a sweater.
3. It isn't difficult for her to read English newspapers.
4. The dictionary on the desk is mine.
5. That doll isn't hers.
6. Is this pen yours? No, it isn't.

綜合練習 · 5

請利用目前學過的文法，測試一下自己的讀寫說能力。以下是鮑伯和美紀在新幹線的對話。

<讀>

Bob：My hobby is taking pictures. These are mine.

Miki：Wow! Beautiful! You are really good at it.

Bob：This is my town in Canada.

Miki：It is very interesting for me to see pictures of your town.

<寫・說>

請將以下要點寫下來並說出來。

① 你的嗜好是什麼？

② 什麼時候、在哪裡、和誰做了什麼事？

③ 表達「對我而言做～事很有趣」。

（讀）

鮑伯：我的嗜好是照相。這些是我拍的相片。

美紀：哇！好美呀！你真的很會照相耶。

鮑伯：這是我在加拿大住的城鎮。

美紀：看你住的城鎮照片真有趣。

（寫・說）

例：① My hobby is playing tennis.

（我的嗜好是打網球。）

② I play tennis with my friends on Saturday and Sunday.

（我和朋友在星期六和星期日打網球。）

③ It's a lot of fun for me to play tennis.

（對我而言，打網球很有樂趣。）

第 **5** 天

修飾語、比較級

目前我們學的都是「誰做了什麼」等比較單純的句子結構。在第 5 天，我們將進入「形容詞」和「副詞」，例如：「怎樣的～」、「～要怎麼做」等說法，讓表達方式更為詳盡。

另外，還有如何比較兩個以上的人或物，學會這些用法，能讓我們擁有更豐富的英文表達力！

今天就學會這個！

- ✅ 能用名詞或動詞詳細描述一件事。
- ✅ 用不定詞，清楚說明動作的對象，或是表達感受。
- ✅ 用比較級的句型，比較人或物。

形容詞的作用

形容詞有兩個主要功能，和中文一樣，我們通常會放在名詞的前面，用來形容（或修飾）名詞的狀態或模樣。如下方例句，beautiful（美麗的）後面接 flower（花），即是用形容詞來說明「美麗的」事物。

This is a beautiful flower.

以下例句的形容詞 long，也是用來說明（或修飾）「尼羅河是一條很長的河川」。

The Nile is a long river.

名詞前面除了可以加形容詞（表示狀態或模樣）之外，也會加和數量相關的形容詞，例如：

< 加在可數名詞前面、表數量的形容詞 >
all students （所有的學生）
many students （很多學生）
some students （一些學生）

a few students （少數學生）

few students （很少學生〔幾乎沒有〕）

no students （沒有學生）

< 加在不可數名詞前面、表數量的形容詞 >

all money （所有的錢）

much money （很多錢）

some money （一些錢）

a little money （一點錢）

little money （很少錢〔幾乎沒有〕）

no money （沒有錢）

當補語

　　形容詞的第二個功能，是說明主詞中人或物的狀態、模樣，常會接在 be 動詞後面。

She is kind.

➡ 她很親切。

This book is interesting.

➡ 這本書很有趣。

承前頁，第一句的補語是 kind，用來說明主詞「她」是「很親切的」；第二句則是說明主詞「這本書」是「很有趣的」。

形容詞的否定句、疑問句

因上述例句是含有 be 動詞的句子，因此若要改成否定句，必須依照 be 動詞的規則來變化。

雖然前面已經做過很多否定句與疑問句的練習，但這部分對之後的學習非常重要，請大家還是要再複習一下，把基礎打穩。

She isn't kind.

➡ 她不親切。

This book isn't interesting.

➡ 這本書不有趣。

疑問句的回答方式也是一樣。

Is she kind?

➡ 她很親切嗎？

Yes, she is.

➡ 是的，她很親切。

No, she isn't.

➡ 不，她不親切。

Is this book interesting?

➡ 這本書有趣嗎？

Yes, it is.

➡ 是的，很有趣。

No, it isn't.

➡ 不，不有趣。

| 重要 | 形容詞放在名詞前面，具有修飾名詞的作用；但若放在 be 動詞的後面，則是說明主詞（人或物）的狀態。 |

實戰練習・1

請配合中文語意,在括弧內填入適當的英文詞語。

1. 數學很難。

→ Math (　　　) (　　　).

2. 他生病了嗎?不,他沒有。

→ (　　　) (　　　) sick?

　No, (　　　) (　　　).

3. 這件 T 恤很小。

→ (　　　) T-shirt is (　　　).

4. 這件外套不貴。

→ (　　　) coat (　　　) (　　　).

（答案）
1. Math is difficult.
2. Is he sick? No, he isn't.
3. This T-shirt is small.
4. This coat isn't expensive.

② 形容詞原級

接著，我們要進一步學的是，如何用形容詞描述兩個人事物之間的差異。在比較句中，形容詞的第二個功能，是緊接在 be 動詞後面、說明主詞（人或物）的狀態或模樣。首先是「原級」。

Ken is tall.

➡ 肯恩很高。

前面也介紹過類似的例句，這裡的形容詞 tall 說明了 Ken 身高很高，不過身高究竟有多高，因為說話者無從比較，所以並沒有明確的概念。

但如果說話者認識另一個人 John，而 John 的身高和 Ken 差不多，說話者可能就會這麼說：

Ken is as tall as John.

➡ 肯恩和約翰的身高差不多一樣高。

如上述例句，「A 和 B 差不多～」，就是屬於形容詞原級的句子。**將形容詞用兩個 as 夾住（as ＋ 形容詞原級 ＋ as），後面再接要比較的人或物**。如此一來，說話者應該就知道 Ken 身高大概有多高了。

再舉一個比較容易理解的例子。

This book is interesting.

➡ 這本書很有趣。

作為主詞的這本書到底有多有趣？假設讀過這本書的說話者，也讀過日本作家夏目漱石的《少爺》，而且認為這兩本一樣有趣，這時應該怎麼說呢？

This book is as interesting as *Botchan*.

➡ 這本書和《少爺》一樣有趣。

這本書到底多有趣，對方很快就能理解。

欲表達「A 和 B 差不多～」時，就用「as + 形容詞原級 + as + 比較對象」的句型。

原級的否定句、疑問句

比較句也屬於含有 be 動詞的句子，因此否定句與疑問句也是依照 be 動詞的規則來變化。

Ken isn't as tall as **John.**

➡ 肯恩沒有約翰高。

這裡請特別注意否定句的意思。這個句子並非「肯恩和約翰一樣都不高」，而是「肯恩沒有約翰那麼高」，也就是「約翰的身高比較高」的意思。接著再看以下例句：

This book isn't as interesting as *Botchan*.

➡ 這本書沒有《少爺》那麼有趣。

這個句子也和上一個句子一樣，意思是「這本書沒有《少爺》有趣」。也就是說，《少爺》比這本書有趣。接著是疑問句與回答方式。

Is Ken as tall as John?

➡ 肯恩和約翰一樣高嗎？

Yes, he is.

➡ 是的，一樣高。

No, he isn't.

➡ 不，沒有一樣高。

Is this book as interesting as *Botchan*?

➡ 這本書和《少爺》一樣有趣嗎？

Yes, it is.

➡ 是的，一樣有趣。

No, it isn't.

➡ 不，沒有一樣有趣。

這和前面的例句一樣，應該很容易理解。

實戰練習・2

請配合中文語意，在括弧內填入適當的英文詞語。

1. 艾美和琳達的年紀差不多。

➡ Amy is ( ) ( ) ( ) Linda.

2. 這條河川和那條河川一樣長嗎？

→ Is this river (　　) (　　) (　　) that river?
Yes, (　　) (　　) .

3. 你沒有你哥哥那麼高。

→ You (　　) (　　) (　　) (　　) your
brother.

4. 這支手錶沒有那支手錶那麼貴。

→ This watch (　　) (　　) (　　) (　　)
that watch.

接下來要介紹形容詞比較級。比較級是將兩個人或物比較後，表示「A比B更～」的句子。首先是**單音節形容詞的比較級**。

I'm taller than Tom.

→ 我比湯姆高。

比較兩個人事物「**A 比 B～**」時，如果是只有一個音節的單音節形容詞，直接在字尾加 er，後面再接 than，即為比較級的句子。基本的句型結構為「**A is 形容詞 -er than B**」。

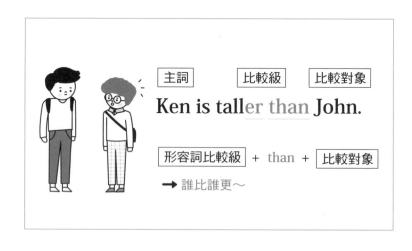

主詞　　比較級　　比較對象

Ken is taller than John.

形容詞比較級　+　than　+　比較對象

→ 誰比誰更～

多音節形容詞的比較級

比較級的另一種形式，也就是字比較長的形容詞，則須在前面加 more（不加 er），變成「**A is more ＋形容詞 ＋ than B**」這樣的形式。例如：

This book is more interesting than *Botchan*.

➡ 這本書比《少爺》有趣。

 重要　兩個人事物進行比較時，偏短的形容詞用「形容詞 - er ＋ than」，偏長的形容詞用「more ＋ 形容詞 ＋ than」。

實戰練習・3

請配合中文語意，在括弧內填入適當的英文詞語。

1. 數學比英文難。
➡ Math (　　) (　　) (　　) (　　) English.

2. 約翰比湯姆年輕。
➡ John is (　　) (　　) Tom.

3. 足球比籃球更受歡迎。

→ Soccer is (   ) (   ) (   ) basketball.

4. 這部電影比那部電影有趣嗎？
   是的，這部電影比較有趣。

→ Is this movie (   ) (   ) (   ) that movie?
   Yes, (   ) (   ) .

（答案）

1. Math is more difficult than English.
2. John is younger than Tom.
3. Soccer is more popular than basketball.
4. Is this movie more interesting than that movie? Yes, it is.

④ 形容詞最高級

接下來，要介紹比較句當中的「最高級」。當比較三者或三者以上的人事物時，會用這個說法來表示「最～的人（物）」。例句如下：

My father is the oldest in my family.
➡ 我爸爸是家族當中年紀最大的。

這樣的句型可以表達在某個指定範圍當中「最～」的意思，單音節形容詞的最高級通常用「the + 形容詞 -est」來表示。

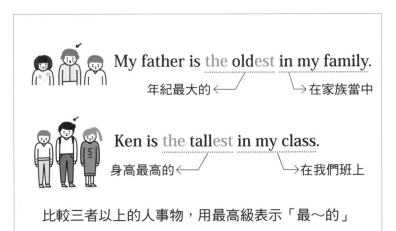

My father is the oldest in my family.
年紀最大的← →在家族當中

Ken is the tallest in my class.
身高最高的← →在我們班上

比較三者以上的人事物，用最高級表示「最～的」

多音節形容詞的最高級

和比較級相同，形容詞最高級也有兩種形式，另一種就是**在多音節形容詞前面加上 the most**。

This book is the most interesting of all.

➡️ 在所有書當中，這本書最有趣。

前頁第一個例句，「在家族當中」是用 in my family，上方的例句「在所有的～當中」，用的是 of all 。同樣是指「在～當中」，一個用 in，另一個卻是 of all。

in 和 all 的區別有個大原則：of 後面會接 all 或是數字，其他就是用 in。

不規則變化的比較級、最高級

前面有提到，單音節形容詞的比較級是形容詞字尾加 er，最高級是加 est，不過也有幾個例外情形。例如，形容詞是 e 結尾的字，要直接加 r 或是加 st（例如：large → larger → largest）

再來，形容詞字尾為「**子音（a、e、i、o、u 以外的**

字母）**＋ y**」時，要**去掉 y 加 ier、iest**（例：easy → easier → easiest）。

　　另外，若是形容詞字尾為「短母音（a、e、i、o、u）＋子音」時，要**重複最後的子音再加 er、est**（例：big → bigger → biggest）。

　　其他的特殊變化的形容詞（例如：good → better → best），請參考閱第 263 頁的表格。

> **重要**
>
> 在數量眾多的人事物當中，指出「最～的」時，要用「the 形容詞 -est」；多音節形容詞則是用「the most ＋ 形容詞」。

人稱練習・13

請依下列人稱當主詞，造出「～是（身高）最高的」之比較句。

1. **John**　　　2. **I**　　　3. **my brother**　　4. **you**
5. **Emi**　　　6. **he**　　7. **she**

（答案）

1. John is the tallest　　　　2. I am the tallest
3. my brother is the tallest　4. you are the tallest
5. Emi is the tallest　　　　 6. he is the tallest
7. she is the tallest　（請將正確答案反覆唸出來）

實戰練習・4

請配合中文語意,在括弧內填入適當的英文詞語。

1. 在所有學科當中,歷史是最有趣的。
→ History is (　　　) (　　　) (　　　) (　　　) all the subjects.

2. 咖哩飯在我們班上是最受歡迎的食物。
→ Curry and rice is (　　　) (　　　) (　　　) (　　　) in our class.

3. 我在三人當中是年紀最大的。
→ I am (　　　) (　　　) (　　　) the three.

4. 琵琶湖在日本是最大的湖。　　　　琵琶湖:Lake Biwa
→ Lake Biwa (　　　) (　　　) (　　　) lake in Japan.

〔答案〕
1. History is the most interesting of all the subjects.
2. Curry and rice is the most popular food in our class.
3. I am the oldest of the three.
4. Lake Biwa is the largest lake in Japan.

副詞的作用：修飾動詞、形容詞

你還記得形容詞具有說明（或修飾）名詞的功能嗎？那麼副詞呢？

I <u>swim</u> fast.

這句話是「我游泳游得很快」的意思。

在這個句子當中，「我」是主詞，「游泳」是動詞。即便沒有 fast 這個字，句子還是可以成立。但假設我想把「游得如何」這個訊息加進去，又該怎麼說呢？

這時該登場的就是副詞 fast，它補充說明了和「游泳」相關的狀態。

像這樣，**用來修飾（說明）動詞的就是副詞**。我們再來看另一個例句。

I <u>spoke</u> slowly.

這句話是「我慢慢的說」的意思，而副詞 slowly（慢慢的）是用來修飾 spoke（說）這個動詞。接著請看下頁例句。

This flower is very beautiful.

這句話的意思是「這朵花非常美」。形容詞 beautiful（美麗）是用來說明主詞的狀態，而副詞 very 則是進一步說明主詞的狀態，表示「非常的」。

副詞也能修飾形容詞，請再看以下例句。

I study very hard.

這句話是「我非常努力用功」的意思。如果我們要表達說話者的用功程度，就可以用副詞來表示。

這裡的 hard 是副詞，用來修飾動詞 study，而**副詞 very 則是用來修飾 hard**。

而副詞與形容詞的不同之處就在於，它除了修飾動詞以外，**也可以修飾許多不同的詞類（包括其他的副詞）或是一整個句子**。（連綴動詞不可接副詞或動詞，而是要接形容詞。例如：He remains silent；關於連綴動詞，請參考第 193 頁。）

頻率副詞

用來表示動作發生的頻率，就稱為「頻率副詞」，它放在一般動詞的前面（be 動詞的後面），主要用來修飾動詞，如下：

I always watch TV.
➡ 我經常看電視。

I usually get up at 6:30.
➡ 我通常 6:30 起床。

I sometimes study English.
➡ 我有時會讀英文。

I never eat natto.

 我從來不吃納豆。

> **重要**
>
> 副詞用來修飾動詞、說明其狀態。除此之外,副詞也具有修飾形容詞或副詞的作用。

6 副詞的原級

　　和形容詞一樣，副詞也有比較句。我們一樣先從原級開始看起。

My sister swims fast.
➡ 我妹妹游泳游得很快。

　　這裡的 fast 是副詞，雖然有「快」的意思，但由於我們無從得知說話者的妹妹游泳到底有多快，因此這裡不妨試著表達：「和 Jane 一樣快。」如果是這個狀況的話，就會和形容詞一樣（請參考第 169 頁），要用兩個 as 夾住 fast，後面再接比較對象（as + 副詞原級 + as + 比較對象）。請看以下例句：

My sister swims as fast as Jane.
➡ 我妹妹和珍妮一樣游得快。

　　至於否定句與疑問句也是如此，句中的一般動詞只要依第三人稱的規則做變化即可。不過，副詞原級的否定句，在這裡是表示「沒有珍妮游得快（珍妮游得比較快）」的意思，請特別注意。

My sister doesn't swim as fast as Jane.

➡ 我妹妹沒有珍妮游得快。

Does your sister swim as fast as Jane?

➡ 你妹妹游泳游得和珍妮一樣快嗎？

Yes, she does.

➡ 是的，一樣快。

No, she doesn't.

➡ 不，沒有珍妮快。

> **重要**
> 副詞的原級是用「as + 副詞原級 + as + 比較對象」的句型，表示「和～一樣～」的意思。

實戰練習・5

請配合中文語意，在括弧內填入適當的英文詞語。

1. 我和我哥哥一樣努力用功。

➡ I study (　　)(　　)(　　) my brother.

2. 他不像湯姆畫得那麼好。

➡ He doesn't draw pictures (　　)(　　)(　　) Tom.

3. 你和我們的老師說得一樣慢嗎？　是的，一樣慢。

→ **Do you (　　) (　　) (　　) (　　) our teacher?**
Yes, (　　) (　　).

1. I study as hard as my brother.
2. He doesn't draw pictures as well as Tom.
3. Do you talk as slowly as our teacher? Yes, I do.

⑦ 副詞的比較級、最高級

接著是副詞的比較級與最高級。

副詞比較級的句型和形容詞比較級一樣，都是**在副詞字尾加 er + than + 比較對象**。請看以下例句：

My sister swims faster than Jane.

➡ 我妹妹游泳游得比珍妮快。

I spoke more slowly than my teacher.

➡ 我說得比老師慢。

如果是**長單字（兩個或三個音節以上），或是以 ly 結尾的副詞，就必須在前面加 more 來形成比較級**，例如 more slowly（慢慢的）。除此之外，有些副詞和形容詞是一樣的，比較級都是在字尾加 er。例如：harder、faster。

副詞最高級的用法是「**the + 副詞字尾 -est**」，和形容詞最高級不同的地方是，**副詞最高級並不一定要加 the**。

表「在～當中最～的」的句子

My sister swims (the) fastest in her class.

➡ 我妹妹是班級當中游泳游得最快的。

I speak English (the) most slowly of all.

➡ 我是所有人當中英文講得最慢的。

　　長單字副詞（ly 結尾）的最高級，也是在前面加上
（the）most 來表示。

> **重要**　副詞比較級是「副詞字尾 -er + than」，最高級是
> 「the + 副詞字尾 -est」，但最高級並不一定要加
> the。

實戰練習・6

請配合中文語意，在括弧內填入適當的英文詞語。

1. 我在班上同學當中，是最努力讀英文的。
➡ I study English the (　　) (　　) my classmates.

2. 我爸爸沒有我媽媽起得早。

➡ My father (   ) get up (   ) (   )
my mother.

3. 你的祖父走路比你慢嗎？ 是的，比我慢。

➡ Does your grandfather walk (   ) (   )
(   ) you?
Yes, (   ) (   ) .

1. I study English the hardest of my classmates.
2. My father doesn't get up earlier than my mother.
3. Does your grandfather walk more slowly than you?
Yes, he does.

8 特殊的比較句：
表示喜好程度

　　這裡要介紹在比較句型中，表達 like（喜好）的特殊用法。首先看原級，也就是「和～一樣喜歡」的句子。

I like **soccer** as much as **baseball.**
➡ 我足球和棒球一樣喜歡。

　　原級的句子是用 as much as 來表達，但要注意的是，若變成比較級時，**並非用 much 的比較級 more，而是用 well 的比較級，better**。請看例句：

I like **soccer** better than **tennis.**
➡ 我喜歡足球勝過網球（比起網球，我更喜歡足球）。

　　「like A better than B」是「比起 B，我更喜歡 A」的意思。它的最高級並非用 most，而是用 well 的最高級 best。

I like **soccer** (the) best **of all sports.**
➡ 所有的運動當中，我最喜歡足球。

接著是表示「你更喜歡哪一個？」的句子。

Which do you like better, cats or dogs?

➡ 貓和狗，你更喜歡哪一個？

用疑問詞 which 來詢問「**Which do you like better, A or B?**」，是表示「A 和 B，你更喜歡哪一個？」的意思。回答方式就用 like 的比較級即可，例句如下：

I like cats better than dogs.

➡ 比起狗，我更喜歡貓。

 重要　用 like 表達喜好時，原級用 much，比較級用 better，而最高級則是用 best。

⑨ 連綴動詞：look／become ／get／sound／make

　　第1天我們學了「I am tall.」這樣的句子，也了解 be 動詞夾在句子的中間，可以形成對等關係，也就是「**I = tall**」。

　　在這裡，我們要學習另一個可讓「**主詞 = 補語**」的用法，也就是連綴動詞。連綴動詞並非表達動詞進行程度上的差異，而是用來連結、描述或補充說明主詞的意義或形式，後面通常會接形容詞。

look + 形容詞

You are happy.
➡ 你很開心。

　　這裡的 be 動詞，我們試著把它換成 **look（看起來）**。

You look happy.
➡ 你看起來很開心。

　　從上述兩個句子，我們可以發現，「you = happy」關係也能成立，這代表 look 和 be 動詞具有同樣的功能。

只不過，look 和 be 動詞在意思上仍有些許差異，這裡是「你看起來很開心」的意思。

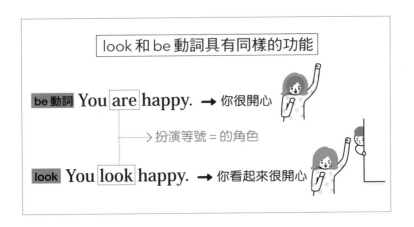

除了 look 之外，也有其他動詞能讓主詞＝補語。

He became famous.

➡ 他變得有名。

That sounds great!

➡ 聽起來很棒！

It got cold.

➡ 天氣變冷了。

become 的後面也可以放名詞，和 be 動詞一樣具有「成為～」的意思。例如：

He became a doctor.
➡ 他成為了醫生。

make ＋人＋形容詞

前面曾提過 make 有表示「做～」的意思，現在要介紹的是 make 的另一種特殊用法：「make ＋人＋形容詞」，表「讓（使）人～（形容詞）的狀態」。例如：

Music makes me happy.
➡ 音樂讓我開心。

> **重要**　某些較為特殊的動詞，如 look 等連綴動詞，它具有類似 be 動詞的功能。make 則另有「讓（使）人～」的意思。

太棒了！

「That sounds great!」經常會有人說成：「That's sound great!」，其實這是錯誤的句子。因為 That 是主詞，sound 是動詞，sound 加的 s 是第三人稱單數的 s。

195

人稱練習・14

請依下列人稱當主詞，在 look tired / looks tired 之中，選擇最適當的字詞。

1. Mr. Suzuki　2. you　3. she　4. Jane
5. Aya and Yuki　6. your sister　7. my mother

〔答案〕
1. Mr. Suzuki looks tired　2. you look tired　3. she looks tired　4. Jane looks tired　5. Aya and Yuki look tired　6. your sister looks tired　7. my mother looks tired

（請將正確答案反覆唸出來）

實戰練習・7

請配合中文語意，在括弧內填入適當的英文詞語。

1. 那個男孩變成歌手了。
→ The boy (　　) a (　　).

2. 你看起來很悲傷。
→ You (　　) (　　).

3. 天氣變暖了。
→ It (　　) warm.

4. 這本書讓我很興奮。

→ **The book (　　　) (　　　) (　　　).**

1. The boy became a singer.
2. You look sad.
3. It got warm.
4. The book makes me excited.

⑩ 不定詞當形容詞

　　在第4天，我們介紹過不定詞的名詞用法（第142頁），接著要學的是形容詞與副詞用法。

　　首先是形容詞用法。你還記得什麼是形容詞嗎？形容詞通常放在名詞前面，用以修飾名詞。我們先簡單複習一下，請看以下例句：

This is a beautiful **flower.**

　　在這裡，形容詞beautiful是用來修飾flower（名詞），說明這是「什麼樣的花」。但形容詞其實還有另一種用法，就是它也能**放在後面修飾名詞**。請看以下例句：

I want something **cold.**

➡ 我想要一點涼的東西。

　　像這樣，形容詞cold是用來修飾前面的something（名詞）。同樣的，形容詞也可以放在anything、nothing這類「～thing」等名詞的後面，當作修飾語。

用不定詞，表「必須～」、「為了～」

那麼，你還記得不定詞是「to + 原形動詞」吧？不定詞的形容詞用法也如同上方例句一樣，是放在名詞後面，用以修飾前面的名詞。

I have a lot of books to read.

➡ 我有很多書要讀。

上方例句的 to read（要讀）緊接在 books（書）的後面，用以說明是怎樣的書。這裡的 to read 有「**（我）必須要讀**」的意思。接著再來看幾個例子。

I have a lot of homework to do.

➡ 我有很多回家功課（必須）要做。

I had no time to talk to you.

➡ 我沒有時間和你講話。

I have <u>friends</u> <u>to help me</u>.

→ 我有朋友幫助我。

　　前一頁例句中的「要做」是用來修飾「回家功課」，「和你講話」是修飾「時間」，而「幫助我」則是修飾「朋友」。

> **重要**
> 不定詞當名詞是用「to + 原形動詞」來修飾前面的名詞，有「必須做～」、「為了做～」的意思。

實戰練習・8

請配合中文語意，在括弧內填入適當的英文詞語。

1. 他有一封信要寫。
→ (　　　) had a letter (　　　) (　　　).

2. 你今晚有時間唸書嗎？
→ Do you have (　　　) (　　　) (　　　) tonight?

3. 我沒有時間去吃午餐。

→ I had (　　　) (　　　) (　　　) (　　　) lunch.

（答案）
1. He had a letter to write.
2. Do you have time to study tonight?
3. I had no time to eat lunch.

最後要介紹不定詞的第三個用法，也就是當作副詞。

表「為了去做〜」

副詞，不但可以修飾動詞或形容詞，也可以修飾其他的副詞。請看以下例句：

I got up early in the morning.

→ 我早上很早起床。

這個句子裡 early（很早的）是修飾 got up（起床）。接下來，請看不定詞的副詞用法。

I got up early to catch the train.

→ 我很早起床（為了）趕火車。

不定詞的副詞用法和形容詞用法，都是用「**to + 原形動詞**」來表示「為了做〜」（表「目的」）的意思。

I am glad to hear the news.

➡ 我很高興聽到這消息。

　　上方例句中，不定詞to hear是用來修飾形容詞glad（高興），說明為什麼高興的原因。這是不定詞的副詞用法的另一個功能，表感情（例如高興、悲傷等）的原因。

> **重要** 不定詞的副詞用法，有「為了去做～」的意思，用來補充說明形容詞或動詞的資訊。

實戰練習 · 9

請配合中文語意，在括弧內填入適當的英文詞語。

1. 我去這家商店（為了去）買電腦。
➡ I went to the shop (　　) (　　) a computer.

2. 我很開心能見到湯姆。
➡ I (　　) (　　) (　　) (　　) Tom.

3. 聽到這消息你很驚訝嗎？是的，我很驚訝。

→ **Were you (　　) (　　) (　　) the news?**
Yes, (　　) (　　) .

4. 我哥哥去加拿大（為了去）念英文。

→ **My brother went to Canada (　　) (　　)**
(　　) .

1. I went to the shop to buy a computer.
2. I am happy/glad to see/meet Tom.
3. Were you surprised to hear the news? Yes, I was.
4. My brother went to Canada to study English.

第 **6** 天

最常見的句型：被動語態

　　前面我們學的都是主動語態，表「誰做了～」的句子。接下來要介紹的是被動語態。所謂的被動語態，是指將動作的接收者變成主詞，有「誰被～」的意思。

　　此外，還要介紹中文所沒有的後位修飾，用名詞或動詞來造出更複雜的句子，請大家再多加加油！

今天就學會這個！

- ✅ 使用被動語態，表達「誰被～」的句型。
- ✅ 使用分詞，提高口語的描述能力。
- ✅ 用關係代名詞結合兩個子句。

① 被動語態

「被動語態」是什麼？我們先來比較以下兩組句子。

Ⓐ 「肯把窗戶弄壞了。」
　「窗戶被肯弄壞了。」

Ⓑ 「爸爸罵了肯。」
　「肯被爸爸罵了。」

兩組句子中的第一句，都是我們學過的過去式肯定句。然而，在第二句，立場（主詞）分別換成了「窗戶」與「肯」，句子會變成「（窗戶）被肯弄壞了」、「（肯）被爸爸罵了」，而這就是被動語態。

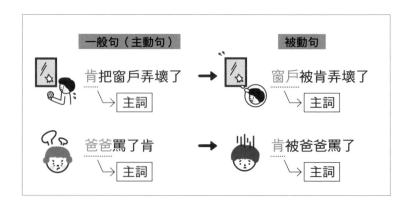

被動語態的基本結構

在英文裡，表示「被如何」的被動語態，使用的句型是「**be 動詞＋過去分詞（p.p.）**」。你還記得前面學過的過去分詞嗎？

我們在現在完成式曾解說過，以 call（呼叫）為例，它的動詞三態變化為 call → called → called（此為規則動詞），而第三個變化 called 就是過去分詞（詳細請參考閱第 103 頁）。

「窗戶被肯弄壞了」這個句子中，「窗戶」是主詞。請看以下例句：

The window was broken by Ken.

➡ 窗戶被肯弄壞了。

被動語態的基本句型為「**主詞＋ be 動詞＋ 過去分詞（p.p.）**」，若要表達「被誰」，就在後面接「**by～**」就可以了。例句如下：

Ken was scolded by his father.

➡ 肯被他的爸爸罵了。

English and French are spoken **in Canada.**

➡ 加拿大說英文和法文。（英文和法文在加拿大是被說的語言）

　　你是否注意到第二句用的不是 by，而是 in（在～），這部分請看右頁的說明。

被動語態的否定句、疑問句

　　使用被動語態的否定句時，be 動詞一樣要緊跟在主詞的後面，並依照 be 動詞的規則來造句。接下來請看以下例句：

The window was not broken **by Ken.**

➡ 窗戶不是被肯弄壞的。

　　接下來看疑問句。

Was **the window** broken **by Ken?**

➡ 窗戶是被肯弄壞的嗎？

Yes, it was.

➡ 是的，是被他弄壞的。

No, it wasn't.

➡ 不，不是被他弄壞的。

不加 by 的被動句語態

其實，並不是所有被動語態都必須使用 by。

除了 by 之外，被動語態也會使用其他的介系詞，大部分都是慣用語，請務必把這些用法牢記起來。

The garden is covered with **snow.**
➡ 庭園被雪覆蓋。

I am interested in **science.**
➡ 我對科學很有興趣。

I was surprised at **the news.**
➡ 聽到這個消息我很驚訝。

像「be covered with～」（被～覆蓋）、「be interested in～」（對～有興趣）、「be surprised at～」（對～很驚訝）等和不同介系詞的組合，都屬於慣用說法，請熟記。

重要｜表「被～」語意的被動語態，要用「be 動詞＋過去分詞（p.p.）」表示，後面再加上 by ～。

人稱練習・15

請依下列人稱主詞，用適當的be動詞造出「～be interested（對～有興趣）」的句子。

1. he　　2. we　　3. my father　　4. Tom
5. your sister　　6. they　　7. Yuka　　8. You

〔答案〕 1. he is interested　2. we are interested　3. my father is interested 4. Tom is interested　5. your sister is interested 6. they are interested　7. Yuka is interested　8. you are interested（請將正確答案反覆唸出來）

實戰練習・1

請配合中文語意，在括弧內填入適當的英文詞語。

1. 很多人說中文。（中文被說）
→ Chinese (　　　) (　　　) (　　　) many people.

2. 很多年輕人讀這本書。（書被年輕人讀）
→ The book (　　　) (　　　) (　　　) young people.

3. 這封信是他寫的。（信被他寫）
→ The letter (　　　) (　　　) (　　　) him.

〔答案〕 1. Chinese is spoken by many people.　2. The book is read by young people.　3. The letter was written by him.

② 介系詞的後位修飾法

　　在中文裡，我們會說「在床上睡覺的嬰兒」。這是因為要說明人或物的狀態時，中文習慣用形容詞＋名詞，也就是用「在床上睡覺的」來說明後面的「嬰兒」。

　　然而，英文通常是反過來的，會先說「嬰兒」，然後把「在床上睡覺的」放到後面的位置來修飾「嬰兒」。

後位修飾（修飾語放後面，用以說明前面的名詞）

中文　在床上睡覺的嬰兒
　　　　　　　↑
　　　　　　說明

英文　a baby sleeping in the bed
　　　　　↑
　　　　　　說明

　　如上方例句所示，修飾語置於後面，用以修飾前面名詞的狀態或模樣，就叫作「後位修飾」。

　　後位修飾共有五種形式，分別為一部分的形容詞、不定詞的形容詞用法、介系詞片語、分詞、關係代名詞。

在後位修飾當中，一部分的形容詞與不定詞的形容詞用法，我們已在第 198 頁介紹過，請大家再翻閱至前面複習。現在先從介系詞片語看起。

介系詞片語置於後方修飾

首先，要了解介系詞片語的結構是「**介系詞（on／in／with／after）＋名詞／代名詞／動名詞**」，具有修飾名詞的作用。一般來說，介系詞片語中至少會有兩個字，請看以下例句。

I read the book on the desk.

➡ 我讀了書桌上的書。

請看 read the book on the desk 這句話，on the desk 是用來說明前面的 the book（名詞）。請再看看其他例句：

the cake in the kitchen

➡ 廚房裡的蛋糕。

the computer in this room

➡ 這房間裡的電腦。

the bag by the table

➡ 桌子旁的袋子

　　介系詞片語可用來表位置，例如：in（裡面）/ by（在旁邊）/ on（在上方）等（詳細請參考第 232 頁）；此外，在介系詞片語中，單數可數名詞前若加 the，則有表「特定」的意思。

分詞的後位修飾法

接下來是分詞，這裡我們要介紹的是分詞的後位修飾法。只要釐清觀念，這個用法一點都不難。

現在分詞置於後方修飾

分詞分為兩種，一種是以現在進行式（V-ing）形式呈現的「現在分詞」，具有進行、也就是「正在做～」的意思。

另外一種是「過去分詞」（p.p.），以「原形動詞＋ed」形式呈現（規則動詞的情況），一般用在完成式和被動語態，或是被當作具有「被動」、「完成」意思的形容詞。

這兩種分詞在句中都不當「動詞」。首先，我們先試著用現在分詞來表達，剛才提到的「在床上睡覺的嬰兒」。

在英文裡，我們會先說「嬰兒」，至於是什麼樣的嬰兒呢？後面會附加說明。

the baby sleeping in the bed

➡ 在床上睡覺的嬰兒

另外，我們再來想一想「在那裡奔跑的少年」應該怎麼說？

the boy running over there

➡ 那裡奔跑的少年。

這個句子也是先說「少年」，然後再把「在那裡奔跑的」置於名詞後面來附加說明。同樣的，我們再看一個類似的例子。

the woman reading a book

➡ 在看書的女士。

若要表達「看書的女士」，英文會先說「女士」，那麼是怎樣的一位女士呢？後面會用「在看書的」來說明。看了以上幾個例句，各位有沒有漸漸熟悉英文的後位修飾法了？

不過，以上例子都還不算是完整的句子，現在我們先用剛剛學的幾個要點來造句看看。

The baby sleeping in the bed **is cute.**

→ 在床上睡覺的嬰兒很可愛。

　　「在床上睡覺的嬰兒」是整個句子的主詞，主詞相當於（＝）後面的cute（可愛），因此中間用be動詞來連接即可。

The boy running over there **is my brother.**

➡ 在那裡奔跑的少年是我弟弟。

　　同樣的，「在那裡奔跑的少年」是整個句子的主詞。不過，接下來的句子就有點不同了。

I know the woman reading a book.

➡ 我認識看書的女士。

　　這裡用現在分詞造出的 the woman reading a book（看書的女士）是 know（認識、知道）的受詞。

過去分詞置於後方修飾

接下來要介紹過去分詞。前面我們有提到過去分詞放後面，有「被～」的意思。

那麼，我們先來看看「被肯弄壞的窗戶」的這句話，用後位修飾應該怎麼說呢？

和現在分詞一樣，先說「窗戶」，至於是什麼樣的窗戶呢？我們將「被肯弄壞的」放在後面輔以說明。

the window broken by Ken

➡ 被肯弄壞的窗戶。

再看一個例子，如果想表達的是「許多年輕人喜歡的歌」，用過去分詞的後位修飾法應該怎麼說呢？

the song loved by many young people

→許多年輕人喜歡的歌。

這個句子也一樣，先說「歌」，後面再用「許多年輕人喜歡的」來修飾。

看到這裡，大家應該已經漸漸熟悉這種表達方式了，現在試著把它們插入不同的句子中。

This is <u>the window</u> broken by Ken.

➡ 這是被肯弄壞的窗戶。

上述例句，是屬於含 be 動詞的句子，前面先接 this is the window，後面再加上 broken by Ken（被肯弄壞的窗戶）。

<u>The song</u> loved by many young people is beautiful.

➡ 這首許多年輕人喜歡的歌很美。

在上方例句中，「許多年輕人喜歡的歌」是句子的主詞，後面用過去分詞說明主詞，也就是後位修飾法；接著再用 be 動詞（相當於＝），將 the song 和 beautiful（美麗的）連結起來。

> **重要**
>
> 表達「正在～的～」，要用現在分詞的後位修飾法，而「被～的」則要用過去分詞的後位修飾法。

實戰練習・2

請配合中文語意，在括弧內填入適當的英文詞語。

1. 坐在她旁邊的那位女人是我媽媽。

→ The (　　) (　　) next to her is my mother.

2. 這封信是他寫的。

→ This is the (　　) (　　) (　　) him.

3. 這本很多人看過的書很有趣。

→ The (　　) (　　) by many people is interesting.

4. 正在用電腦的那位男人是我爸爸。

→ The (　　) (　　) the computer is my father.

（答案）

1. The woman sitting next to her is my mother.
2. This is the letter written by him.
3. The book read by many people is interesting.
4. The man using the computer is my father.

④ 關係代名詞

後位修飾的最後一種形式是「關係代名詞」。關係代名詞具有將兩個句子結合成一個句子的特性。

關係代名詞 Who 當主格

關係代名詞包括表示人的「**who**」、表示事物的「**which**」、以及可用來表人或事物的「**that**」。和普通代名詞一樣，關係代名詞具有「**主格**」、「**受格**」、「**所有格**」三種形態。

首先從關係代名詞作主格的句子開始看起。請看下方例句：

「我有一個朋友。」
「他跑得很快。」

光看這兩個句子，意思雖然都能懂，但如果把句子改成這樣是不是比較好呢？

「我有一個跑得很快的朋友。」

而關係代名詞就擁有上述結合句子的功能。首先，請看例句中的主要敘述。

I have a friend.

➡ 我有一個朋友。

那位朋友是怎麼樣的朋友呢？是這樣的朋友：

A friend runs fast.

➡ 一個跑得很快的朋友。

關係代名詞 who 當主格使用時，該放在哪個位置呢？以這個句子為例，後面的 runs fast（跑得很快的）是用來說明 A friend，那麼把關係代名詞 who 放在 a friend 與 runs fast 之間，再和剛剛的主要子句合併起來就可以了。

I have a friend who runs fast.

➡ 我有一個跑得很快的朋友。

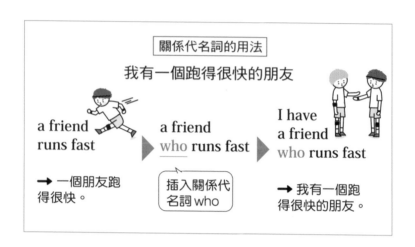

關係代名詞 which 當主格

接下來，我們把和事物相關的兩個子句合併看看。

「我看了書。」
「那本書有 300 頁。」

請把這兩個句子改成：「我看了那本 300 頁的書。」
先看看主要子句。

I read the book.

→ 我看了這本書。

接著看欲連接的句子。

The book has 300 pages.
➔ 那本書有 300 頁。

和前面的例子一樣，兩個短句的連接點在 the book 和 has 300 pages（說明那本書是什麼樣的書）之間，因此只要在此處**插入表事物的關係代名詞 which** 即可。

I read the book which has 300 pages.
➔ 我看了那本 300 頁的書。

目前為止我們看的例句，都是由 who、which 引導的句子來說明（或修飾）主詞，這便是關係代名詞當主格使用。順帶一提，that 可作為主格或受格。

> **重要**　當關係代名詞作為關係子句中的主詞時，要使用主格的關係代名詞，也就是用 who、which 把句子連接起來。

關係代名詞 who 當受格

和表主格的關係代名詞不同，當 who、which、that 作為關係子句中的受詞時，關係代名詞就必須使用受格。這樣說明或許有些不易理解，先看以下幾個例句。

「那位男士是鈴木先生。」
「我和那位男士見面。」

現在試著把上面兩個句子用關係代名詞連接起來，並造出以下句子：

「和我見面的男士是鈴木先生。」

The man is Mr. Suzuki.
➡ 那位男士是鈴木先生。

I met the man.
→我和那位男士見面。

The man I met is Mr. Suzuki.

→和我見面的男士是鈴木先生。

像這樣，**在主詞 the man 之後，直接用省略了受詞的 I met** 即可。或許有人會疑惑 who 跑到哪裡去了？ 這是因為**受格的關係代名詞可省略的緣故**。若不省略的話，就會變成 the man who I met。

接著請看關係代名詞表「物」的例句。

「這本書很有趣。」

「我看完這本書了。」

現在請試著將上述兩句話合併成「我看完的這本書很有趣」。和剛剛一樣，關係代名詞 which 在這裡是用來代替 the book，因為 the book 是句中的受詞，所以此時作受格使用的 which 也可以省略（和 who 一樣可以省略）。

The book is interesting.

➡ 這本書很有趣。

I read the book.

→我看了那本書。

The book I read is interesting.

→ 我看完的那本書很有趣。

> **重要** 當關係代名詞作為關係子句中的受詞時，要用受格的關係代名詞 who、which、that，受格的關係代名詞常可省略。

人稱練習．16

請依下列關係代名詞，在who後面填入正確的動詞形態。
（第4句是由2個詞語構成）

1. I have a friend who（游泳）very fast.

2. This is the jacket which（有）a lot of pockets.

3. I know an Australian woman who（喜歡）Japanese food.

4. These are the songs which（喜愛）by my friends.

（答案）1. swims 2. has 3. likes 4. are loved
（請將正確答案反覆唸出來）

實戰練習・3

請配合中文語意，在括弧內填入適當的英文詞語。

1. 我有一個朋友很會彈吉他。

→ I have a (　　) (　　) (　　) the guitar well.

2. 你寫的信很長。

→ A (　　) (　　) (　　) (　　) by you is very long.

3. 他認識的那個女人是個歌手。

→ A (　　) (　　) (　　) (　　) is a famous singer.

4. 我的祖父給我的手錶很舊。

→ The (　　) (　　) (　　) (　　) to me by my grandfather is old.

（答案）

1. I have a friend who (that) plays the guitar well.
2. A letter which (that) was written by you is very long.
3. A woman who (that) he knows is a famous singer.
4. The watch which (that) was given to me by my grandfather is old.

綜合練習・6

請運用目前學過的文法，測試一下英文的讀寫說能力。以
下是鮑伯和美紀在新幹線的對話。

<讀>

Bob：I have a friend who is interested in Japanese
history. But he has never been to Japan. I will come to
Japan with him next time.
Miki： What part of Japanese history is he interested in?
Bob：Old temples. I will show him the pictures I took in
Kyoto.
Miki：He must be impressed with them.

<寫・說>

請將以下要點寫下來並說出來。

① 擁有對～有興趣的朋友。
② 下次和那位朋友一起做些什麼活動。
③ 他或她一定會深受感動。

鮑伯：我有一個對日本歷史很有興趣的朋友。但是他沒有
去過日本，下次我要帶他來日本。

（讀）
美紀： 他對日本歷史的哪個部分有興趣呢？
鮑伯： 他喜歡古廟。我打算給他看我在京都照的照片。
美紀： 他一定會深受感動的。

〔寫・說〕

例：① I have a friend who is interested in Natsume Soseki.
（我有個朋友對夏目漱石〔日本作家〕很有興趣。）

② I will go to the city library with her and read his book.
（我會和她去市立圖書館讀他〔夏目漱石〕的書。）

③ She and I will have a good time there.
（她和我在那一定會有段愉快的時光。）

英文中常見的特殊句型

今天要進入最後的課程，大家是不是對不擅長的英文稍微改觀了呢？最後一天的課程，是國中英文非常重要的部分。

例如，請（讓）別人做事、表命令、介紹自己居住的城鎮、或尋求對方同意或確認等說法。學會這些，能夠更提升英文的口語能力，請大家再加油！

今天就學會這個！

☑ 使用命令句，表達請求、命令、禁止等說法。

☑ 使用連接詞，將兩個句子結合在一起。

☑ 使用附加問句，尋求對方同意或確認。

① 介系詞

　　目前為止，我們已學過不少介系詞片語，這裡再簡單複習一下。介系詞放在名詞的前面，能根據不同的組合，豐富句子的資訊。

　　只要學會介系詞片語的一些基本用法，就能夠大幅提升英文表達力，許多基本的說法請務必牢記！

❶ in（在〜裡面）

I live in this house.
➡ 我住在這個房子裡。

I ski in winter.
➡ 我在冬天滑雪。

❷ on（在〜上面，有表面的接觸）

A picture is on the wall.
➡ 一幅畫掛在牆上。

An orange is on the table.
➡ 一個橘子放在桌子上。

介系詞的意思並不固定。請大家記清楚，才能夠正確解讀句子。

❸ to（往～的方向）

I went to school yesterday.
➡ 我昨天去學校。

❹ with（和～一起、伴隨～，在某種狀態下）

I went fishing with my brother.
➡ 我和哥哥一起去釣魚。

I met a boy with long hair.
➡ 我碰見一位長髮的男孩。

❺ from（從～）

I got a birthday present from my mother.
➡ 我從媽媽那兒收到了生日禮物。

❻ at（在～「場所」「時刻」）

I arrived at the airport.

➡ 我抵達機場了。

I get up at 6:00.

➡ 我六點起床。

❼ of（～的）

These are some pictures of Mt. Fuji.

➡ 這些是富士山的照片。

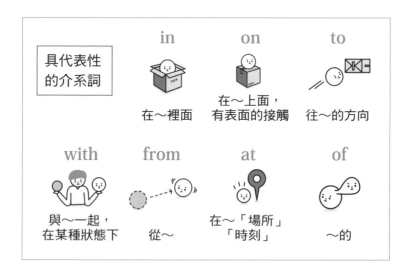

具代表性的介系詞	in	on	to
	在～裡面	在～上面，有表面的接觸	往～的方向
	with	from	at	of
	與～一起，在某種狀態下	從～	在～「場所」「時刻」	～的

實戰練習・1

請配合中文語意，在括弧內填入適當的英文詞語。

1. 我到達車站了。

→ (　　　) (　　　) (　　　) the station.

2. 我接到一封美國來的信。

→ I received a letter (　　　) (　　　) (　　　).

3. 艾達和男友一起看電影。

→ Ada (　　　) a movie (　　　) (　　　) boyfriend.

（答案）
1. I arrived at the station.
2. I received a letter from the U.S.
3. Ada watched a movie with her boyfriend.

命令句與 Let's 祈使句

一個完整的英文句子，必須具備主詞與動詞，不過其中也有例外，那就是命令句與 Let's 祈使句。

Stand up, everyone!
→大家，站起來！

用原形動詞開頭，就叫作「命令句」，也就是叫他人做某事。基本上，這通常會出現在長輩對晚輩說話的情境中，但有時也可以用在比較親密的朋友之間。

See you at the station at 9:00 tomorrow.
→明天9點在車站見。

在最後面加上 please 的話，語氣上會比較委婉（如下方例句）。但若是把 please 置於句首，則會給人頤指氣使的印象。

Stand up, please.
➡ 請站起來。

若是要表達「不要做～」這樣的否定命令句，只要在

句首加上 Don't 就可以了。例如：

Don't eat **too much.**
➜ 不要吃太多！

　　be動詞也是動詞，所以只要把原形動詞be拉到句首，就會形成命令句。

Be quiet!
➜ 請安靜！

「一起～吧」的勸誘句

　　除了助動詞的「Shall we～?」（我們一起～吧？），勸誘句還有更簡潔的用法，也就是 Let's 祈使句。

Let's play tennis.
➜ 來打網球吧！

> **重要** 一個完整的英文句子必須具備主詞和動詞，但也有例外，那就是命令句與 Let's 祈使句。

連接詞

　　「連接詞」能夠把資訊量較多的英文句子或詞語連接
起來。

　　一般分為三大類：

① and、but、so、or。

② if、when、after、before、because。

③ that。

　　首先看 ① 的連接詞。這類的連接詞，能夠將句子與
句子結合成對等的關係。例如：

It's raining hard, and the train is late.

➡ 雨下得很大，而且火車晚了。

It's raining hard, but the train is not late.

➡ 雨下得很大，但是火車沒有晚到。

It's raining hard, so the train is late.

➡ 雨下的很大，所以火車晚了。

Which do you like better, cats or dogs?

➡ 你喜歡哪一種，貓還是狗？

and 和 or 還有以下的用法，例如：

Get up earlier, and you can catch the train.

➡ 早點起床，這樣你就可以趕上電車了。

用「命令句, and～」的句型，意思是「這樣做，你就可以～」。那麼，如果把 and 換成 or 的話，會變成什麼意思呢？

Get up earlier, or you will miss the train.

➡ 早點起床，否則你會錯過電車。

「命令句, or～」，此句型表示的是「**這樣做，否則你會～**」的意思。

接著看 ② 的連接詞。

> **重要**
> 用 and、but、so、or 等連接詞，可以將資訊量多的句子或詞語結合成對等的關係。

② 表「時間」、「理由」的從屬連接詞

If it rains tomorrow, I will stay home.
➡️ 如果明天下雨的話，我就待在家。

　　像「If～」這樣表示「**如果～**」的條件句，If 後面會接主詞＋動詞，雖然指的是未來（明天）的事，但這裡不用未來式，而是用現在簡單式。

　　接著看 when、after、before 的用法。

When I came home, my brother was sleeping.

➡ 當我回來的時候，我弟弟已經睡了。

After I finish my job, I will go shopping.

➡ 我工作做完後，我就會去買東西。

Before you come home, I will finish cooking dinner.

➡ 你回家之前，我就會做完晚餐了。

　　「when～」（當～）、「after～」（在～之後）、「before～」（在～之前）是和「時間」相關的連接詞。

　　以上句型和 If 條件句一樣，基本結構也是主詞＋動詞，雖指的是未來的事，但會用現在簡單式來代替（若為過去的事情則用過去簡單式）。接著看表「理由」的連接詞 because。

Because I was sick, I didn't go to school.

➡ 因為我生病了，我沒有去學校。

　　到這裡，你應該看得出它的規則性了。「because～」是「因為～」的意思。

　　另外，if、when、after、before、because 等連接詞引導的句子，若把它們移到句子的後半，也是正確的英文，例句如下：

I will stay home **if** it rains tomorrow.
My brother was sleeping **when** I came home.
I will go shopping **after** I finish my job.
I will finish cooking dinner **before** you come home.
I didn't go to school **because** I was sick.

　　不過，須注意的是，此時逗號必須拿掉。

> **重要**　使用連接詞 if、when、after、before、because，可造出表條件或理由的句子。

③ 表「覺得～」的連接詞

　　最後要介紹的是 ③ 的連接詞。用連接詞「that～」，指的是「**～這件事**」，前面通常使用動詞 think（想）、know（知道）、believe（相信），that 也可以視情況省略。

I think that you are right.

➡ 我覺得你是正確的。

I know that the story is true.

➡ 我知道這個故事是真的。

> **重要**
>
> 連接詞 that 可視情況省略，意思是「～這件事」（後面的具體內容），常與動詞 think、know、believe 連接使用。

實戰練習・2

請配合中文語意，在括弧內填入適當的英文詞語。

1. 如果你見到他，請幫我跟他打招呼。
➡ Please (　　　) (　　　) (　　　) you meet him.

2. 當我醒來的時候，我妹妹正在讀書。
➡ (　　　) I woke up, my sister (　　　) (　　　).

3. 因為我非常累，所以很快去睡了。
➡ I went to bed quickly (　　　) (　　　) (　　　) very tired.

4. 我覺得這本書很實用。

→ (　　　) (　　　) (　　　) this book is useful.

1. Please say hello if you meet him.
2. When I woke up, my sister was studying.
3. I went to bed quickly because I was very tired.
4. I think that this book is useful.

④　間接問句

　　間接問句，就是在句子中插入疑問句。聽起來好像有點複雜，但不用擔心，我們會循序漸進的說明。

Who is that man?
➡ 那位男士是誰？

　　這是第 3 天學過的「wh- 疑問句」。你知道用英文該如何回答嗎？若是中文的話，我們會說：**「我知道那位男士是誰。」**

　　要把「那位男士是誰？」這個直接問句，和「我知道」合併在一起，這種形式的疑問句就叫作「間接問句」。

　　那麼，我們試著用英文表達看看，如果直接把 Who is that man 和 I know 這兩句話結合在一起，就變成：

I know who is that man. ✕

　　但是，這並非正確的句子。變成間接問句時，要注意

疑問詞 who 後面的詞序，必須變回肯定句的詞序：「主詞＋動詞」。

I know who that man is. ○

➡ 我知道那位男士是誰。

在間接問句裡放入疑問句時

↓這是錯誤的！

✕ I know who is that man.

↓這是正確的！

○ I know who that man is.

那麼，使用一般動詞的疑問句應該怎麼變化呢？

Where does she live?

➡ 她住在哪裡？

該如何用疑問詞表達「 我想知道她住在哪裡？」

　　首先，「我想知道」是 I want to know，接著如果加入剛剛提到的 Where does she live，會變成這樣的句子：

I want to know where does she live. ✕

　　但這樣就變成錯誤的句子了，改成間接問句時，疑問詞 where 後面必須改為肯定句的詞序，也就是「主詞＋動詞」才對。

I want to know where she lives. ○

→ 我想知道她住在哪裡。

> **重要**　間接問句，如要在句中加入 know 等動詞或使用疑問詞時，疑問詞後面的句子必須改成肯定句。

實戰練習・3

將下列的疑問句和 I don't know（我不知道）合併造句。

1. Where is he?

→ I don't know (　　　) (　　　) (　　　).

2. **When is his birthday?**

→ **I don't know (　　) (　　) (　　) (　　).**

3. **What did he buy?**

→ **I don't know (　　) (　　) (　　).**

1. I don't know where he is.
2. I don't know when his birthday is.
3. I don't know what he bought.

⑤ 附加問句

附加問句表「～對吧？」之意，是用來尋求對方同意或確認時的說法。

This is a Japanese yukata, isn't it?

→這是日本浴衣，對吧？

He is a doctor, isn't he?

→他是醫生，對吧？

像這樣，在句尾加上簡短的疑問句，就叫作「附加問句」，且有一定的規則。

如上述例句所示，主要子句（黑色底線）如果是肯定句，附加問句就要用否定句，且主詞要用代名詞。請再看看以下幾個例子。

Bob is your friend, isn't he?

➡ 鮑伯是你的朋友，對吧？

Jane can speak French, can't she?

➡ 珍會說法文，對吧？

John plays tennis, doesn't he?

➡️ 約翰會打網球，對吧？

下方例句也適用於此規則。

She isn't from the U.S., is she?

→她不是從美國來的，對吧？

這裡的附加問句為肯定句。像這樣，主要子句（黑底線）若為否定句，附加問句（紅底線）就要變成肯定句，且主詞要用代名詞。

主要子句會改變附加問句的意思

肯定 He is a doctor, isn't he?
➡️ 他是**醫生**，對吧？

否定 He isn't a doctor, is he?
➡️ 他不是**醫生**，對吧？

再來看幾個這種形式的例句。

Tom isn't a good tennis player, is he?

➡️ 湯姆不是一個很會打網球的選手，對吧？

You can't swim, can you?

➡️ 你不會游泳，對吧？

Ken doesn't play the guitar, does he?

➡️ 肯不會彈吉他，對吧？

重要

> 尋求對方同意或確認時，若前面的直述句是肯定句，那麼附加問句就會以否定句呈現。 相反的，若前面的直述句是否定句，那附加問句就會以肯定句呈現。

人稱練習・17

請在括弧內填入正確的語詞，變成附加問句。

1. Yuko is a good pianist, (　　　) (　　　)?

2. That is Tom's textbook, (　　　) (　　　)?

3. You can use this computer, (　　　) (　　　)?

4. Emi and Aya like music, (　　　) (　　　)?

5. Kevin isn't a teacher, (　　　) (　　　)?

6. John can speak Japanese, (　　　) (　　　)?

7. Kate doesn't eat natto, (　　　) (　　　)?

1. Yuko is a good pianist, isn't she?
2. That is Tom's textbook, isn't it?
3. You can use this computer, can't you?
4. Emi and Aya like music, don't they?
5. Kevin isn't a teacher, is he?
6. John can speak Japanese, can't he?
7. Kate doesn't eat natto, does she?

6 There is / are ～：表「有～」

　　「There is / are～」的句子，there 本身並沒有特別的意義，是表示「在哪裡有某人事物」的意思。

There is **a park near my house.**
→ 我家附近有一個公園。

There is **an apple on the table.**
→ 桌子上有一個蘋果。

　　如果是複數形，就把 is 改成 are。

There are **two libraries in my town.**
→ 我住的城鎮有兩間圖書館。

　　因為這是含 be 動詞的句子，因此疑問句與否定句也是依照 be 動詞的規則來造句即可。

There isn't **a park near my house.**
→ 我家附近沒有公園。

Is there **a park near your house?**
→ 你家附近有公園嗎？

Yes, there is.

➡ 是的，有公園。

No, there isn't.

➡ 不，沒有公園。

> **重要**　以 there 開頭的 be 動詞句子，是表示「在哪裡有某人事物」的意思。

實戰練習 · 4

請配合中文語意，在括弧內填入適當的英文詞語。

1. 這附近有市政府嗎？是的，有。

➡ (　　) (　　) a (　　) (　　) near (　　)?
Yes, (　　) (　　).

2. 書桌上有字典。

➡ (　　) (　　) a (　　) on (　　) (　　).

3. 這個房間沒有冷氣。

➡ (　　) (　　) (　　) air conditioner in this room.

（答案）

1. Is there a city hall near here? Yes, there is.
2. There is a dictionary on the desk.
3. There is no air conditioner in this room.

綜合練習・7

請運用目前學過的文法，測試一下自己的讀寫說能力。鮑伯和美紀在新幹線裡準備互相道別。

＜讀＞

Bob：We'll soon get to Kyoto station. It was really nice talking to you, Miki.

Miki：I also enjoyed talking to you very much.

You are staying in Kyoto for three days, aren't you?

Bob：Yes, I am.

Miki：Where are you going to visit first?

Bob：Arashiyama. I heard it is a great place.

Miki：Yes, it is. Have a nice trip.

Bob：You, too.

＜寫・說＞

旅遊結束後，美紀寫信給鮑伯。

① 我很享受這次的旅行。

② 我會寄相片給你。

③ 我想和你再見面。

請用以上三個要點，把自己當作美紀寫一封信給鮑伯。

鮑伯：快到京都車站了，和妳聊天真的很開心。

美紀：我也很享受和你聊天。你會在京都待三天，對吧？

鮑伯：是啊！

（讀）

美紀：你打算先去哪裡呢？

鮑伯：嵐山， 我聽說是個很棒的地方。

美紀：是啊！祝你旅途愉快！

鮑伯：妳也是喔！

例：① I enjoyed my trip very much.

（我很享受我的這趟旅行。）

（寫・說）

② I will send you the picture I took.

（我會寄給你我照的照片。）

③ Let's meet again.

（我們再約時間見面吧！）

後記　在日常活用文法，就能學好英文

大家辛苦了！

7 天重新再學了一遍國中英文，大家覺得如何呢？

語言的學習需要反覆的練習。

書中的實戰練習及人稱變化練習可能稍微困難一些，但大家一定要不斷的複習，直到非常熟練為止。

日本即將迎接 2021 年的東奧（按：因新冠肺炎疫情的影響，已於 2021 年 7 月 23 日舉行開幕式且不開放觀眾進場），接下來勢必會有更多與外國人交流的機會。若我們能運用正確的英文文法，將大幅提升自身的英文溝通能力。希望讀者們能將本書的英文法基礎知識，活用到日常生活中，使英文能力更上層樓。

附錄　不規則動詞變化表

原形動詞、過去式、過去分詞為同樣形態			
中文	原形	過去式	過去分詞
花費	cost	cost	cost
剪	cut	cut	cut
打	hit	hit	hit
傷害	hurt	hurt	hurt
讓	let	let	let
放置	put	put	put
設定	set	set	set
關閉	shut	shut	shut
擴散	spread	spread	spread
讀	read	read	read
過去式、過去分詞為同樣形態			
中文	原形	過去式	過去分詞
帶來	bring	brought	brought
建立	build	built	built
買	buy	bought	bought
抓	catch	caught	caught
感覺	feel	felt	felt

（接下頁）

打鬥	fight	fought	fought
發現	find	found	found
懸掛	hang	hung	hung
擁有	have	had	had
聽	hear	heard	heard
抱	hold	held	held
保持	keep	kept	kept
放置	lay	laid	laid
引導	lead	led	led
離開	leave	left	left
借出	lend	lent	lent
遺失	lose	lost	lost
做	make	made	made
見面	meet	met	met
付款	pay	paid	paid
說	say	said	said
賣	sell	sold	sold
寄送	send	sent	sent
發亮	shine	shone	shone

（接下頁）

射擊	shoot	shot	shot
睡覺	sleep	slept	slept
花費	spend	spent	spent
站立	stand	stood	stood
打、撞擊	strike	struck	struck
教	teach	taught	taught
告訴	tell	told	told
想	think	thought	thought
理解	understand	understood	understood
贏	win	won	won

原形、過去分詞為同樣形態			
中文	原形	過去式	過去分詞
變成～	become	became	become
來	come	came	come
跑	run	ran	run

原形、過去式、過去分詞皆為不同型態			
中文	原形	過去式	過去分詞
是～	be	was / were	been
開始	begin	began	begun

（接下頁）

吹	blow	blew	blown
弄壞	break	broke	broken
選擇	choose	chose	chosen
做	do	did	done
吸引	draw	drew	drawn
喝	drink	drank	drunk
駕駛	drive	drove	driven
吃	eat	ate	eaten
掉落	fall	fell	fallen
飛	fly	flew	flown
忘記	forget	forgot	forgotten
原諒	forgive	forgave	forgiven
冷凍	freeze	froze	frozen
得到	get	got	gotten
給	give	gave	given
去	go	went	gone
成長	grow	grew	grown
知道	know	knew	known
躺下	lie	lay	lain

（接下頁）

乘坐	ride	rode	ridden
響	ring	rang	rung
看	see	saw	seen
給～看	show	showed	shown
唱歌	sing	sang	sung
說話	speak	spoke	spoken
游泳	swim	swam	swum
拿取	take	took	taken
丟	throw	threw	thrown
醒來	wake	woke	woken
穿	wear	wore	worn
寫	write	wrote	written

形容詞、副詞的特殊變化表

多音節單字用more、most的比較級			
中文	原形	過去式	過去分詞
美麗的	beautiful	more beautiful	most beautiful
困難的	difficult	more difficult	most difficult
不同的	different	more different	most different
重要的	important	more important	most important
有趣的	interesting	more interesting	most interesting
有用的	useful	more useful	most useful

不規則變化的形態			
中文	原級	比較級	最高級
壞的	bad	worse	worst
遠的	far	farther	farthest
好的	good	better	best
很多的（可數）	many	more	most
很多的（不可數）	much	more	most
很少的	little	less	least
很好的	well	better	best

國家圖書館出版品預行編目（CIP）資料

7 天救回國中英文：從 20 分快速進步到 70 分。用你一定可以理解的順序編排，重新打好說、讀、寫、考試基礎。/ 岡田順子著；陳琇琳譯 . -- 初版 . -- 臺北市：大是文化有限公司，2021.09

272 面；14.8 X 21 公分 . --（Style；51）

譯自：覚えやすい順番で【7日間】学び直し中学英語

ISBN 978-986-0742-39-8（平裝）

1. 英語　2. 語法

805.16　　　　　　　　　　　　　　　　　110008604

Style 051

7天救回國中英文

從20分快速進步到70分。用你一定可以理解的順序編排，重新打好說、讀、寫、考試基礎。

作　　　者	岡田順子
譯　　　者	陳琇琳
責任編輯	黃凱琪
校對編輯	李芊芊
美術編輯	林彥君
副總編輯	顏惠君
總 編 輯	吳依瑋
發 行 人	徐仲秋
會　　　計	許鳳雪
版權專員	劉宗德
版權經理	郝麗珍
行銷企劃	徐千晴
業務助理	李秀蕙
業務專員	馬絮盈、留婉茹
業務經理	林裕安
總 經 理	陳絜吾

出 版 者	大是文化有限公司
	臺北市 100 衡陽路 7 號 8 樓　編輯部電話：（02）23757911
	購書相關諮詢請洽：（02）23757911 分機 122
	24 小時讀者服務傳真：（02）23756999
	讀者服務 E-mail：haom@ms28.hinet.net
	郵政劃撥帳號／ 19983366　戶名/大是文化有限公司

法律顧問	永然聯合法律事務所
香港發行	豐達出版發行有限公司 Rich Publishing & Distribution Ltd
	香港柴灣永泰道 70 號柴灣工業城第 2 期 1805 室
	Unit 1805, Ph. 2, Chai Wan Ind City, 70 Wing Tai Rd, Chai Wan, Hong Kong
	電話：21726513　傳真：21724355
	E-mail：cary@subseasy.com.hk

封面設計．插畫	季曉彤
內頁排版	蕭彥伶
印　　　刷	鴻霖印刷傳媒股份有限公司
出版日期	2021 年 9 月初版
定　　　價	420 元（缺頁或裝訂錯誤的書，請寄回更換）
ISBN	978-986-0742-39-8
電子書 ISBN	9789860742688（PDF）
	9789860742695（EPUB）

OBOEYASUI JUNBANDE 【7NICHIKAN】 MANABINAOSHI CHUGAKUEIGO
by Junko Okada
Copyright © Junko Okada, 2017
All rights reserved.
Original Japanese edition published by Subarusya Corporation

Traditional Chinese translation copyright © 2021 by Domain Publishing Company
This Traditional Chinese edition published by arrangement with Subarusya
Corporation, Tokyo, through HonnoKizuna, Inc., Tokyo, and Keio Cultural Enterprise Co., Ltd.